KB105115

마스터 K 21

김광수 현대 판타지 장편 소설

초판 1쇄 찍은 날 § 2014년 3월 26일
초판 1쇄 펴낸 날 § 2014년 4월 3일

지은이 § 김광수
펴낸이 § 서경석

편집부장 § 권태완
편집책임 § 이효남

펴낸곳 § 도서출판 청어람
등록번호 § 제387-1999-000006호
등록일자 § 1999. 5. 31
어람번호 § 제1-1795호

주소 § 경기도 부천시 원미구 부일로 483번길 40 서경B/D 3F (우) 420-822
전화 § 032-656-4452 팩스 § 032-656-4453
http://www.chungeoram.com
E-mail § chungeorambook@daum.net

ISBN 979-11-5681-908-0 04810
ISBN 978-89-251-3073-6 (세트)

마스터 K

21

김광수 현대 판타지 장편 소설

FUSION FANTASTIC STORY

[완결]

CONTENTS

제1장

진정한 승자

펙!

허공을 가르며 날던 공이 더 힘을 받지 못하고 모래 벙커 안으로 떨어져 내렸다.

"오! 마이 갓!"

"골치 아프게 됐네……."

"아……."

숨을 죽이고 지켜보던 갤러리들이 탄성과 신음을 토했다.

나흘 동안 진행되었던 US 여자 오픈 대회 마지막 경기 일정을 맞고 있었다.

시간이 흐를수록 실력과 운에서 밀린 선수들이 하나둘씩 떨어져 나갔다.

그리고 남은 선수들로 자연스럽게 선두그룹이 꾸려지며 본격적인 대결이 펼쳐졌다.

첫날 경기부터 신기록을 세우며 앞으로 치고 나와 분전했던 손단비.

이틀째 경기부터 흔들리기 시작했다.

사흘째부터는 보기를 범하면서 첫날 벌어놓았던 타수를 까먹었다.

반면 조용히 선수들을 추격하던 청야.

손단비와 엎치락뒤치락하며 좋은 경기 운영을 보였다.

그런데 손단비가 18홀 마지막 파4 코스에 들어서 두 번째 샷이 그린 위에 안착하지 못하고 모래 벙커에 빠져 버렸다.

다행히 바로 우측 장애물인 워터 헤저드는 피했지만 난처하기는 마찬가지였다.

나흘 동안 운영해 온 경기 중에 총 4언더파를 기록하고 있는 청야와 손단비.

워낙 코스가 난해하고 타수를 뽑아내기 힘들어 대부분 프로들도 언더파를 기록하지 못했다.

선두 그룹 선수들 중에서도 탁월한 실력을 드러내며 오늘의 최종 우승 후보로 지목되고 있는 두 명이 바로 청야와 손단비였다.

청야는 LPGA를 재패하고 있는 고수 중의 한 명이다.

그리고 무섭게 떠오르고 있는 무서운 신예 손단비.

청야와 손단비뿐만 아니라 미국 본토에서 집중 조명을 받고

있는 아만다 로엘과 화교의 신예 프로 골퍼인 왕화령 역시 팬
층이 두터운 선수들이다.

남성 골퍼들과 비교했을 때 확실히 갤러리들로부터 더 환호
를 받는 미모의 여성 골퍼들.

손가락에 꼽는 이들 여성 골퍼들은 침체되어 있던 골프 대
회에 신선한 바람을 일으키고 있었다.

특히 오늘처럼 실력 있는 선수들이 명승부를 펼치게 되면
갤러리들의 심장이 더 긴장을 탔다.

공동 선두를 달리고 있는 청야와 손단비.

3위에 있던 선수는 이미 2언더파로 경기를 마친 상태였다.

우승 후보는 단 두 명.

자리를 옮길 때마다 갤러리들이 구름처럼 몰려다녔다.

"세상에… 어떻게 저런……."

"손단비도 실수를 하네~"

"시작은 신기록까지 세우면서 좋았는데 웬일이야."

"끝났어……."

그린 위에 공을 안착한 상태에서 언더파를 노력도 부족할
상황이었다.

그런 판에 모래 벙커에 처박혀 버린 손단비의 공.

제법 깊숙이 모래 안에 박혀 있는 상황이라 세 번째 샷에 그
린 위로 올릴 수 있을지도 미지수였다.

그에 반해 청야의 공은 그린 위에 깔끔하게 안착했다.

운 좋게 홀컵과의 거리도 5미터 안팎.

공중에서 떨어진 공은 미끄러지며 구르다 거짓말처럼 멈췄다.

이쯤 되면 승부가 이미 갈렸다고 봐도 무방했다.

일부러 손단비를 응원하기 위해 모여든 한국 교포들과 갤러리들의 얼굴이 좋지 않았다.

첫날부터 선전하던 손단비의 실력에 우승을 확신했었지만 서서히 예상에서 빗나가고 말았다.

그럼에도 막판까지 희망을 버리지 않고 지켜보았다.

분명 집중을 하지 못하고 있는 것만은 확실했다.

무슨 생각에 빠져 있는지 라운딩 중에도 표정이 밝지 않았다.

간간이 인상을 찡그리거나 허탈한 표정을 지었다.

선수들의 개인적인 골프 실력도 중요하지만 정신적 멘탈이 강해야 버틸 수 있는 스포츠가 골프였다.

나흘 동안 치러지는 경기를 버텨내려면 기본적으로 멘탈이 받쳐줘야 하는 것이다.

겉으로 드러나지 않은 문제가 분명 있었지만 타고난 실력으로 우승 문턱까지 와 있었던 손단비였다.

"단비야⋯⋯."

그런 그녀의 모습을 보며 안타까움을 감추지 못하는 은다혜.

손단비는 그간 운영해 왔던 경기에서는 상상할 수 없었던 말도 안 되는 실수를 범하고 말았다.

물론 프로들도 가끔은 실수하는 날이 있긴 하다.

하지만 은다혜가 아는 손단비는 웬만해서는 이런 실수를 범하지 않는다.

또 마지막 18홀이다.

어려운 코스도 아니었다.

남자 선수들 같은 경우라면 드라이버로 온 그린 할 수 있어 이글을 잡아낼 수도 있는 코스였다.

그런데 장타를, 그것도 정교한 우드 세컨 샷에서 실수를 했다.

'이게 다! 그 나쁜 놈 때문이야!'

손단비가 강민 때문에 흔들리고 있음을 은다혜는 직감했다.

첫날은 분명 이렇지 않았다.

뭔가 독한 마음을 품은 듯 대단한 집중력을 발휘했었다.

그날 저녁 인터넷을 하다 강민에 관한 인터뷰를 보고 난 뒤부터 수상했다.

당장 다음 날 경기 때 정신을 못 차렸다.

표정 관리는 물론이고 감정 컨트롤도 되지 않았다.

갤러리들 사이에서는 손단비의 표정을 두고 이런저런 말들이 많아졌다.

간간이 무의식적으로 내뱉던 한숨 소리가 그 모습을 지켜보던 은다혜를 불안하게 했었다.

손단비의 문제를 강민의 일에 끌어다 붙이고 싶지 않았던 은다혜.

걱정은 되었었지만 그냥 경기 스트레스 때문이라고 치부했다.

LPGA 최고 대회 중 하나인 US 여자 오픈 대회.

선수들의 경기를 보는 사람도 긴장이 되는데 막상 실전에 투입된 선수들이 피부로 느끼는 긴장감은 어떻겠는가.

그래도 정신력 하나는 짱이었던 손단비를 믿었던 은다혜.

이 정도 되고 보니 첫사랑이 주는 슬픈 기억들은 아직 스무 살 청춘들에게는 감당하기 벅찬 감정임이 분명해 보였다.

아직 은다혜도 경험해 보지 못한 가슴앓이.

생살을 에이는 듯한 고통이 따르는 배신과 이별의 경험.

'그딴 인터뷰는 왜 해! 지가 그렇게 떳떳하면 전화는 또 왜 못했는데!'

인터뷰 내용은 은다혜도 봐서 알고 있었다.

강민의 인터뷰 내용에 나와 있는 그녀는 분명 손단비였다.

정식으로 사귀는 사이는 아니었지만 그녀의 마음을 아프게 한 것은 인정한다고 했다.

지금까지 은다혜가 봤던 모든 광경들이 오해라는 것이다.

뻔뻔하게도 그것도 변명이라고 인터뷰를 통해 말하면서 여전히 행동은 없었다.

'흥! 난 그놈 말은 안 믿어. 내가 본 것만 믿는다구!'

인터뷰에서 강민이 밝히고 있는 오해라는 것이 단비를 향해 있는 것은 확실했다.

하지만 은다혜가 접수해 놓은 증거는 한두 가지가 아니었다.

단비는 어쩌면 인터뷰 기사를 봤던 날 이미 강민의 말에 마음이 흔들리고 있었는지도 모른다.

은다혜는 강민의 말은 콩으로 두부를 만든다 해도 믿을 수 없었다.

아무리 그래도 미국까지 건너왔음에도 연락 한 번 하지 않았던 놈이다.

3년 동안이나 모습을 감췄다가 나타났음에도 단비에게는 연락을 넣지 않았다.

정식으로 사귀는 사이는 아니었지만 한국 고등학교가 떠들썩했을 정도로 이슈가 됐던 커플이었다.

인터뷰 기사만 보지 않았어도 단비가 저렇게 흔들리지는 않았을 것이다.

저벅저벅저벅.

지금도 세컨샷이 벙커에 빠져 버렸음에도 거의 표정 변화를 보이지 않았다.

무표정한 모습으로 그린을 걷는 손단비.

그런 단비 옆으로 차례를 기다리고 있던 청야가 다가왔다.

'여시~ 완전 신나셨군!'

청야는 단비의 실수로 자신의 승리를 직감한 듯 표정에서 여유가 흘렀다.

실력 하나는 여성 골퍼들 사이에서 인정받는 선수 청야.

하지만 선수들 사이에서 완전 싸가지로 소문이 자자했다.

저 혼자 잘난 맛에 사는 인물로 동양인은 대놓고 무시한다는 것이다.

반면 이름 좀 있다 싶은 아메리카를 비롯한 유럽 선수들에게는 친절하기가 비단결 같다고 한다.

본인도 동양인이면서 사람을 가려 친분을 쌓는데 도가 터 있었다.

실력과 미모는 나무랄 데 없을지 몰라도 성품은 개차반이 따로 없었다.

"어머~ 어떡해. 힘이 쬐금 모자랐네~"

올해 들어 세 번째 시합에 와서야 마주치게 된 경쟁자.

윗눈썹과 눈꼬리가 살짝 위로 치솟아 첫인상이 매우 차갑게 보이는 화교 출신 선수 청야다.

손단비를 비롯해 왕화령, 아만다 로엘에 이어 LPGA 4대 미인 여성 골퍼 중 한 명으로 뽑히는 인물이다.

라운드 내내 손단비와는 한마디도 나누지 않았던 그녀.

그린 위에 공을 올려놓고 위로를 가장해 손단비의 약을 올렸다.

집게손가락을 접으며 '쬐금' 이라고 강조하는 그녀의 눈웃음은 비위를 거스를 만큼 차가웠다.

첫날과 달리 둘째 날부터 서서히 흔들리기 시작한 경기 운영.

경기가 진행되는 내내 표정이 딱딱하게 굳어 있던 청야의 얼굴은 여유를 되찾았다.

그녀의 실력은 눈에 띄게 향상돼 있었고 또 대단했다.

청야의 가문이 성공한 화교 집안이라는 것 정도는 손단비도 알고 있었다.

성공을 꿈꾸고 부를 쌓기 위한 게 청야의 목적이 아님도 알고 있다.

정상으로 향하는 목표가 무엇인지는 모르지만 모든 면에서 다른 선수들을 경기력으로 압도했다.

파워 넘치는 드라이브 샷과 정교한 세컨 샷.

정밀한 퍼팅에 멘탈까지 완벽했다.

손단비와의 올해 시합에서도 1승 1패를 기록하고 있는 청야.

다른 경기 때와 달리 그녀의 표정은 정말 유쾌해 보였다.

"아직… 끝나지 않았어요."

아주 친한 사이가 아니고는 이런 분위기에서 선수들끼리 말을 섞는 일은 흔치 않았다.

손단비는 독하게 마음먹었던 첫날의 경기를 떠올렸다.

그날 인터뷰만 보지 않았어도 경기에 대한 집중력은 깨지지 않았을 것이다.

아만다 로엘과 왕화령의 느닷없는 강민에 대한 얘기가 한몫 거들었던 것도 사실이다.

서슴없이 강민을 이성으로 생각하는 각자의 마음을 털어놓던 두 선수.

손단비는 두 귀로 듣고도 믿을 수 없었다.

한둘이 아니었다.

이미 세계적 스타급에 오른 미모의 여성 골퍼들까지도 그와 연이 닿아 있었다.

손단비를 포함해 LPGA 여성 골퍼 3인이 강민과 연관이 돼 있다는 사실.

혼자 끌어안고 있던 혼란은 더 이상 감당하기가 힘들었다.

왕화령과 아만다 로엘은 시합 따위에는 관심도 없어 보였다.

강민을 향한 자신들의 마음이 사랑이라고 확신하는 듯했고 당장 쟁취하지 않으면 안 될 듯 신경전을 벌였다.

그때 알았다.

왕화령과 아만다 로엘의 대화를 엿듣고서야 다저스 홈구장에서 강민의 품에 안겼던 여인이 아만다 로엘이었다는 사실을.

또 그녀가 한국 고등학교 재학 시절, 교사였던 제시카와 자매라는 사실도.

게다가 왕화령과의 인연은 손단비보다 앞서 있었다.

그가 한국 고등학교 입학 전 머물렀던 설악산.

그때 생활고를 해결하기 위해 일을 했던 중화 요리점의 딸이 왕화령이었다.

인연의 깊이로만 따져도 손단비 못지않은 관계들이었다.

결국 왕화령과 아만다 로엘은 신경전 끝에 컷 오프 탈락을 당했다.

그럼에도 두 사람은 전혀 개의치 않았다.

심지어 아만다 로엘은 제시카와 함께 샌프란시스코 자이언
츠 구장으로 놀러가겠다고 했다.

물론 왕화령도 아만다에게 지지 않았다.

강민에게 직접 전화를 넣어 데이트 신청을 할 거라고 선언
했다.

모든 게 뒤죽박죽 혼란스러워진 손단비.

숙소로 돌아와 강민에 관한 인터뷰 내용을 뒤졌다.

그리고 손단비는 충격을 받았다.

그는 늘 그랬던 것처럼 당당한 표정으로 사과하며 모든 게
다 오해라고 밝히고 있었다.

단단하게 묶어 두었던 그를 향한 마음들이 진도 9의 지진이
라도 인 듯 흔들렸다.

건강하게 다시 세상 속으로 들어온 그를 본 것만으로 만족
하자고 수없이 마음을 다졌었다.

아직 어렸었던 3년 전 그 시절.

사랑이 어떤 감정을 몰아오는지 온전히 알지 못했다.

그와 미래에 대해 약속한 것도 없었다.

당시에는 그와 함께하는 시간이 행복했고 또 가슴 설레었
다.

많은 대화를 나누지 않았지만 골프 연습장에서 묵묵히 각자
의 공을 날리는 그 순간에도 풍족하게 안정감을 느꼈었다.

어쩌다 눈을 마주칠 때면 절로 미소가 지어졌다.

몇 마디 말을 섞다 보면 그의 따뜻하고 당당한 목소리에 절로 빠져들었다.

별일 아닌 말에도 호탕하게 웃어주던 그였다.

그의 목소리는 시원한 청량음료 같았고 손단비는 어느새 그의 목소리에 중독되었다.

데이트 약속을 어기고 사라진 건 그였다.

그럼에도 불구하고 그와 함께했던 깊은 추억이 그녀를 기다림의 시간으로 끌어들였다.

단짝인 은다혜 말고는 눈치채지 못할 만큼 조용히 빠져들었던 세계.

그가 눈앞에 없어도 견딜 수 있었다.

보이지 않는다고 해도 좋았다.

첫 만남처럼 그가 어느 날 불쑥 그녀 앞에 나타날 것을 믿었다.

입가에는 환한 웃음을 띠고 손단비의 이름을 부르며.

설마 이렇게 엉망진창인 상황으로 만나게 될 줄은 상상하지 못했다.

난생 처음 겪는 마음의 풍랑이 손단비를 덮쳤지만 어느 사이 그녀는 또다시 골프채를 휘두르고 있었다.

그녀는 왕화령이나 아만다 로엘처럼 강민에게 적극적으로 대시를 해보지도 못했다.

지나가 버린 얼마간의 시간들이 후회로 밀려왔다.

그녀 자신이 돌아봐도 평소와 달랐던 행동들을 보였다.

마음은 그가 살아 돌아온 것만으로도 감사하자고 되뇌었다.

그래야 진정한 사랑이라고 말할 수 있다고 끊임없이 주문을 외웠다.

'내가… 성급했어…….'

그린 위를 한걸음씩 걸으며 또다시 그녀는 생각에 빠져들었다.

지금은 당장 모래 벙커에서 공을 빼내는 게 급선무였다.

비겁한 생각이지만 이쯤에서 청야가 실수 하나쯤 범해주기를 기도하는 것도 괜찮았다.

손단비의 두 눈에는 이번 경기에 관한 그 어떤 것도 담겨 있지 않았다.

앞서 퇴장당한 왕화령과 아만다 로엘과 다를 게 하나도 없었다.

주변 그 어떤 누구도 알려준 적이 없는 사랑에 대한 공식들.

온전히 스스로 겪어낼 수밖에 없는 일에 마음이 고삐 풀린 망아지처럼 날뛰었다.

한쪽에서는 아무것도 아닌 듯 내려놓자고 말하고 있었고 또 다른 한쪽에서는 그를 만나 진심을 알아보자고 끊임없이 속삭이고 있었다.

정신이 혼미할 만큼 뒤죽박죽이 된 마음은 경기에 도저히 집중력을 발휘할 수 없게 했다.

둘째 날부터 언더파는 고사하고 파 세이브를 맞추는 것도 바빴다.

한 경기에서 흔하게 볼 수 없는 보기도 세 번이나 범했다.

평소 멘탈을 훈련해 놓지 않았다면 중도에 기권을 해야 할 정도로 힘들었다.

가슴에서 폭풍처럼 일어난 감정의 소용돌이가 손단비를 뒤흔들고 있었다.

도대체 조절이 되지 않았다.

다행히 첫날 벌어놓은 언더파와 평소 갈고 닦았던 실력으로 버텼다.

라운딩 장소에 겨우 섰다.

"오늘은 안 되겠네~ 호호. 이번 경기는 여기서 끝내야겠어~"

채 5미터도 되지 않는 퍼팅 거리.

청야의 실력 정도라면 실패할 리 없는 거리였다.

이미 우승을 확신하는 듯 손단비 옆에서 계속 신경을 건드리고 있었다.

평소 대면 대면하게 스치며 냉랭한 기운을 뿜던 그녀의 행동과는 사뭇 다른 태도를 보이고 있었다.

최근 무섭게 치고 올라오는 신예들 중에 단연 선두에 서 있는 손단비.

청야는 손단비를 극도로 경계했던 선수다.'

경기 첫날부터 대회 신기록을 세우며 언더파를 몰아쳤던 손단비의 활약에 내심 배가 아팠다.

첫날 라운딩에서 무려 3타 차로 벌어졌다.

밤새 속을 끓이고 난 뒷날 그린 위에 다시 선 청야는 운 좋게 흔들리는 손단비와 마주했다.

하룻밤 사이에 수척해진 모습으로 나타났던 것이다.

라운딩을 시작한 직후부터 보인 손단비의 모습은 누가 봐도 집중력을 발휘하지 못했다.

샷도 부정확했고 연속되는 찬스에도 번번이 기회를 날려버리기 일쑤였다.

'제대로 눌러 주겠어!'

골프 역시 다른 스포츠와 마찬가지로 기 싸움이 중요했다.

올해 열린 큰 대회 중 하나인 US 여자 오픈 대회다.

이번 경기에서 우승을 하게 되면 다음 경기 때 유리하게 작용한다.

일단 우승을 놓치게 되면 왠지 선수들 심리도 위축되었다.

심리적인 변화를 귀신같이 알고 평소 섞지도 않았던 말을 자연스럽게 걸었다.

입가에 미소를 띤 채 다정한 대화를 나누는 듯 갤러리들의 눈까지 속였다.

청야로서는 승부도 중요했지만 스폰을 받기 위한 목적과 이미지 관리에 더 비중을 두었다.

백인 선수들이 주를 이루고 있는 골프계.

아시아를 비롯해 유색 민족들, 특히 한국 선수들에게는 냉랭함의 극치를 보였다.

그런 골프의 세계에서 이름을 드높이라 주문한 아버지의 뜻을 받들어 철저하게 가식적인 태도를 소화해내는 청야.

하긴 태어나면서부터 청야는 주변 사람들을 무시했다고 봐도 과언이 아니다.

세상에 알려지지는 않았지만 청야의 가문은 화교계에서도 엄청난 부를 쌓은 진정한 부자였다.

청야는 목적한 바를 이루기 위해 골프를 쳤지만 아버지의 말 한마디에 그녀를 위해 수십억 달러의 자금이 움직였다.

'…얼마 남지 않았어……. 때가 된 거야.'

아버지의 꿈, 아니 가문의 조상들이 대대로 원했던 진정한 꿈.

드디어 아버지가 화룡회의 진정한 회주가 될 그날이 가까워오고 있었다.

그야말로 화교의 주인이 되는 것이다.

지금도 열두 명의 주인 중 한 명이었지만 아버지는 자신의 대에서 기필코 화교의 단 한 명밖에 없는 회주가 되려 하고 있었다.

유대 자본과 함께 세상 부의 절반에 육박한 비중을 차지하고 있는 화교들의 저력.

본토의 경제 성장과 더불어 화교의 경제력 엄청난 성장을 거듭하고 있었다.

그림자 금융이라고까지 불리는 중국 본토의 비밀 자본.

상당수 자금이 바로 화교에서 흘러나가는 자본이었다.

그 거대한 흐름에 청야 역시 일조를 하고 있다.

처음부터 용씨 가문의 입지가 지금 같았던 것은 아니었다.

열두 가문 이외의 다른 중소 가문들을 겨냥해 청야를 내세워 서서히 용씨 가문의 이름을 알리기 시작했다.

아버지가 회주가 되는 동시에 청야 역시 골프계를 미련 없이 떠날 생각이다.

부족한 것 없는 가문에 태어났지만 하나의 목적을 위해 피를 흘리며 배워야 했던 골프.

청야는 결코 골프를 사랑하지 않았다.

누린 만큼 갚아야 했던 가문에 대한 철저한 자기희생 정도로 받아들였다.

뚝.

"청야."

몇 걸음 앞장서서 걷고 있던 손단비가 걸음을 멈췄다.

그리고 천천히 고개를 돌려 청야를 똑바로 쳐다보며 이름을 불렀다.

'건방진 계집애! 저따위 눈으로…….'

손단비의 부친 역시 미국 IT 쪽의 잘나가는 거물로 알려져 있다.

골프 입문에 있어서는 분명 청야가 손단비를 앞섰음에도 거침없이 이름을 불렀다.

"왜~ 무슨 할 말……!!!"

파밧.

청야는 최대한 평정심을 유지한 채 대답했지만 두 눈 깊숙이 파고드는 차가운 손단비의 눈빛의 흠칫 놀랐다.

바뀌어 있었다.

방금 전까지 위축되고 고민스러운 표정을 짓던 손단비의 눈빛이 아니었다.

"…묻고 싶군요."

차분하게 가라앉은 조용한 목소리.

폐부 깊숙이 스며드는 고요한 음성이 위압감을 주고 있었다.

태어날 때부터 갖고 있었던 듯한 그런 권위적인 음색이다.

"뭐, 뭘……."

청야의 목소리는 자신도 모르게 떨리고 있었다.

"……"

조용히 두 선수를 따라 이동하던 주변의 갤러리들과 바짝 따라오던 캐디들의 시선이 두 사람을 향하고 있었다.

상황이 이쯤 되면 다른 선수들은 모래 벙커에 빠진 공 때문에라도 죽상을 쓰고 인상을 팍팍 구기기 십상이다.

하지만 마치 잔잔한 호수인 양 편안한 표정을 짓고 청야를 바라보는 손단비의 차가운 태도.

오늘따라 그녀가 코디한 깔끔한 골프웨어 차림과 지금 분위기가 묘하게 맞아떨어졌다.

"다시 말하지만… 시합 중이에요. 아직 끝나지 않았습니다."

욕을 퍼부은 것도 아니고 위협을 가한 것도 아니었다.

하지만 청야의 심장은 자신도 모르게 거침없이 뛰었다.

"누, 누가 뭐래!"

손단비의 시선을 피하지 못한 채 빽 하고 소리를 지른 청야.

이번만큼은 지고 싶지 않았다.

정체를 알 수 없이 묘하게 기분 나쁜 이 순간.

피할 수 없는 코너에 몰린 듯 소리라도 질러야 할 것 같았다.

"훗."

손단비의 입가에 미소가 번졌다.

어떤 이는 그녀의 미소를 보며 매력적이라고 말할지 모르지만 이 순간 청야의 눈에는 세상에서 가장 독한 비웃음으로 다가왔다.

'지, 지금 날 무시하는 거야!'

무리를 지어 움직이던 갤러리들이 웅성거리자 그제야 소리쳤던 청야는 심장이 떨렸다.

분명 오늘 경기 우승은 청야의 손을 들어주는 듯했다.

벙커 중에서도 악질에 걸린 손단비의 공.

단번에 쳐 올릴 수 없는 위치다.

기적이 일어나지 않는 한 손단비는 파 세이브가 최선이었다.

하지만 청야의 입장은 달랐다.

그린에 익숙한 청야에게 5미터 퍼팅은 실수를 생각할 수 없는 평범한 공이었다.

"끝나야 끝난다는 걸 기억해요. 진정한 승자는 끝난 후에 웃는 사람이죠."

손단비는 청야가 마치 우승에만 눈이 먼 사람이라도 되는 것처럼 말을 내뱉었다.

보란 듯이 청야를 바보 취급하고 돌아선 손단비는 묵묵히 다시 잔디를 밟으며 걸음을 옮겼다.

이를 악물고 분노에 몸을 떨며 그녀의 뒷모습을 바라보는 청야.

'절대 가만 두지 않을 거야. 밟아줄 거야. 꼭 그럴 거야!!'

청야의 두 눈이 이글거렸다.

절대 손단비를 용서할 수 없었다.

곧 패배를 인정해야 할 순간 앞에서도 여유를 부리며 건방을 떨고 있었다.

기필코 마지막에 누가 웃게 되는지 확인시켜 주고 말겠다고 이를 악물었다.

청야는 저 오만하고 도도한 두 눈이 승리를 거머쥔 자신 앞에서 얼마만큼 비굴해질 수 있는지 확인하고 싶어졌다.

제2장
위기의 만찬

"지나친 욕심은 언제나 화를 부르는 법……. 이렇게 되면 혜전탈우(蹊田奪牛)라는 욕을 먹지 않아도 되겠군."

뿌우우우웅! 뿌우우우웅!

뱃고동 소리가 길게 울려지는 샌프란시스코의 어느 항만.

꽤 규모가 있는 선착장 지하에 자리 잡은 비밀 안가 내부.

오래되고 낡은 천연가죽 소파에 몸을 깊숙이 박고 앉아 있는 곽 대인.

며칠 전까지만 하더라도 샌프란시스코 암흑 조직들 위에 주인으로 군림하던 밤의 황제였다.

다른 국가들과 달리 총기가 합법적으로 허가된 아메리카에서 제대로 자리 잡은 화교계의 거물.

몰골은 겨우 뒤통수 쪽만 빼고 머리가 홀라당 벗겨진 대머리에 과거 당한 암습에 오른쪽 눈까지 잃었지만 젊은 시절엔 이름을 떨친 강자였다.

지금처럼 소리만 요란한 소림사가 아닌 진정한 소림 무공을 배웠던 곽 대인이다.

곽 대인은 척추를 둥그렇게 말고 앉아 손가락을 깍지 낀 채 입가에 비릿한 미소를 짓고 있었다.

"용 대인… 이번에 제대로 실수했어. 이대로 내가 당할 줄 알았다면 큰 오산이지."

천하일통 회주 자리를 노리고 있었음을 들키고 만 용 대인.

고만고만한 가문들을 이룬 대인들을 허수아비로 본 처사가 분명했다.

소가 내 밭으로 들어왔으니 소를 빼앗아도 무방했다.

하루아침에 마약 밀매 혐의로 고소되어 도주범 처지가 되어 버린 곽 대인이었다.

용 대인이 곽 대인에게 보인 처사에 비해 그 값이 세다 해도 상관없었다.

미국 샌프란시스코 차이나타운의 역사를 만만하게 본 용 대인.

화교들이 움켜쥔 그 어떤 곳보다 치열했던 역사를 갖고 있음을 간과했다.

미국 개척기 시절 배고픈 아일랜드 노동자들과 함께 피땀으로 이룩한 황금의 제국이었다.

동양인에 대한 차별이 어느 나라보다 심했던 아메리카 대륙.

그런 곳에서 살아남은 화교 후손들이 결국 지금 차이나타운의 실세나 다름없었다.

이탈리아의 마피아들과도 전쟁을 치렀으며 미국 갱단들과도 총질을 서슴지 않았던 미국 내 화교 집단.

곽 대인을 물로 보고 샌프란시스코의 차이나타운을 한입에 삼키려고 주둥이를 벌렸던 용 대인을 떠올리며 차가운 조소를 띠었다.

짙은 어둠을 깔고 앉은 듯한 곽 대인의 뒤쪽으로 마치 그림자처럼 서 있던 한 사람.

"대인, 명만 내리십시오."

곽 대인의 진정한 오른팔이자 샌프란시스코 차이나타운의 검은 신사로 불리는 가유창이다.

앞으로 나설 자가 없을 만큼 잔혹한 행동 대장을 맡고 있다.

여느 화교들과는 달리 키가 꽤 큰 장신에 외모 또한 출중했다.

흔하지 않은 곱슬머리에 몸에 착 달라붙는 먹빛 화복을 착용하고 있었다.

탄탄한 근육이 그대로 윤곽을 드러낼 정도로 몸이 좋았다.

아버지는 화교였지만 어머니는 흑인 창녀였던 가유창.

어쩌다 만나 사랑에 빠졌던 부모.

아버지는 갱단의 총에 운명을 달리했고 어머니는 흔한 병에 세상을 떴다.

어린 시절부터 밑바닥 인생을 살아오며 죽을 고비를 무수히 많이 넘긴 그가 샌프란시스코 밤거리에서 이 정도 악명을 떨치며 살아남기란 쉽지 않았다.

도둑질부터 시작해 폭행, 강도, 살인, 방화까지. 그의 손을 거치지 않은 범죄는 없었다.

그럼에도 단 한 번도 경찰의 손을 타지 않았다.

머리가 좋았던 아버지의 영향과 끈질긴 생에 대한 에너지를 갖고 있던 어머니의 유전인자 덕분이었다.

사람으로서 가져야 할 유용한 인자는 가유창이 암흑세계에서 입지를 다지는 데 큰 도움을 주었다.

그러던 어느 날 곽 대인의 눈에 띄면서 오늘 이 자리에 이르렀다.

용 대인의 입질에 놀아나는 척했고 용 대인 역시 가유창이 포섭된 것으로 판단했지만 그는 결코 곽 대인을 배신하지 않았다.

썩은 생선 토막 정도 취급도 받지 못했던 자신을 사람의 탈을 쓴 존재로 살게 해준 영혼의 주인이나 다름없는 곽 대인이었다.

가유창은 진심으로 곽 대인을 존경하고 따랐다.

아내와 아이들이 용 대인의 수중에 들어가 있었지만 개의치 않았다.

모든 게 다 계획대로 돌아가고 있었다.

용 대인은 자신의 사업구역인 홍콩을 벗어나 다른 대인들의 구역을 흡수하기 위해 작업을 하고 있었다.

현재 화룡회를 이룬 열두 가문 중 가장 늦게 합류한 용씨 가문.

더러운 암수를 써 왕씨 가문을 몰아내고 그 자리를 차고 들어온 용씨 가문의 행보를 이미 눈치챘었다.

그뿐인가.

그 이후에도 화룡회에서 금하는 여러 사업에 손을 대 부를 축적하고 몰락한 장씨 가문을 포섭해 든든한 뒷배를 세웠다.

목적을 위해서라면 수단과 방법을 가리지 않는 용 대인.

하물며 딸 용청야의 명성을 이용해 무지한 하위 가문들을 포섭했다.

그쪽에서 힘이 모이자 단 한 번도 허락되지 않았던 화룡회 회주 자리까지 노렸다.

여러 가문들의 주축 사업에 알게 모르게 손을 써 개입한 흔적까지 보였다.

그리고 이제 대놓고 샌프란시스코를 노린 것이다.

"무덤 자리를 봐 놓고 왔으니… 묻어주는 게 예의지."

용 대인이 제발로 샌프란시스코에 걸음했음을 알고 있었다.

가문의 주력 호위들인 장씨 가문 자손들과 원로들을 이끌고 샌프란시스코에 나타난 용 대인.

송사리 떼 몇 그룹을 포섭해 놓고 기세당당했다.

그러나 진정 샌프란시스코 화교 저력들은 숨을 죽인 채 기다리고 있었다.

단숨에 목을 치기 위해 숨을 골랐다.

"대인, 한 가지 걸리는 것이 있습니다. 용 대인이 저희만을 노리는 게 아니었습니다."

"무슨 소리야?"

"한 놈을 더 찍고 온 것으로 보입니다."

"한 놈?"

"네, 강민이라고 한국에서 온 야구 선수입니다."

"강민이라면… 자이언츠의 K를 말하는 거야?"

"그렇습니다."

"하하, 어쩌다 용 대인의 석쇠에 올려진 거야?"

"왕씨 가문과 인연이 있습니다. 한국에서도 한차례 용 대인 쪽 사람들과 붙은 일이 있었고 강민이 제대로 손을 봐준 모양입니다."

"그래?"

"숨기고 있는 실력이 대단하다고 합니다."

"팬으로서 한 번 만나보고 싶었는데… 뜻하지 않게 동료가 되었군."

"지금 그도 위기에 처한 것으로 보입니다."

"위기?"

"용 대인 쪽에서 대인보다 그자를 먼저 손보기로 한 것 같습니다. 차이나타운에 용 대인 수하들이 이미 그물을 쳐놓았습니다."

몸을 피해 오긴 했지만 시시각각 모든 돌아가는 상황을 파악하고 있는 곽 대인이었다.

"동행은?"

"왕씨 가문 후손 화령이와 두 명의 남녀가 함께하고 있습니다."

가유창도 왕화령을 잘 알고 있었다.

"쯧쯧, 화령이는 뭐한다고 거길 온 거야."

곽 대인 역시 왕화령을 잘 알았다.

간간이 차이나타운을 찾았던 화령은 곽 대인을 아저씨라고 부르며 인사를 오곤 했다.

왕씨 집안의 무남독녀.

귀여운 외모에 성격도 싹싹해서 곽 대인도 그녀를 후원하고 있었다.

왕씨 집안뿐만 아니라 그 뒤에 있는 연대인과의 관계를 유지하기 위해서이기도 했다.

"강민이란 자와 잘 아는 사이로 한국에서부터 인연이 있었던 사이였습니다."

"손을 좀 써줘야 하겠나?"

"선뜻 나서기가 쉽지 않습니다."

"그건 왜?"

"수상한 자들이 한둘이 아닙니다. 용 대인 수하들은 물론 살수로 보이는 자들까지 움직이고 있습니다."

"…어린 친구가… 인생을 복잡하게 살았군."

상황이 이 정도라면 심각했다.

웬만해서는 눈 하나 깜짝하지 않는 가유창이었다.

그의 입에서 위기라는 말이 나온 이상 K에게 닥친 문제가 심각한 상황임을 증명하고 있었다.

"상황을 주시하고 있다가 용 대인 쪽을 급습하겠습니다. 소식이 들어가면 움직일 겁니다. 그때 그물을 쳐놓겠습니다."

조용하면서도 책임감이 느껴지는 가유창의 목소리.

밑바닥을 전전하며 살아남은 샌프란시스코의 암흑가를 떨게 하는 전설적 인물다웠다.

판단이 빠르고 정확하기로 따라올 자가 없었다.

"안타깝지만… 자력갱생(自力更生)으로 살아남아야겠군."

"시장과 경찰 쪽에는 손을 써 놓았습니다. 용 대인을 비롯해 수하들 모두 출국할 수 없을 겁니다."

드러나지 않은 치밀하고 섬세한 음모의 연속.

곽 대인을 마약 밀매 혐의로 몰아넣으려 머리를 굴렸지만 결국 용 대인 스스로 쥐덫을 밟은 셈이 되어버렸다.

스스로 완벽한 계략이라 찬탄했지만 도리어 당한 꼴이 되었다.

아메리카는 그가 놀던 홍콩이나 여느 국가와 달랐다.

시장과 그 시장이 임명하는 경찰 서장.

지금까지 곽 대인이 정치자금으로 쏟아부은 자금은 상상을 불허했다.

샌프란시스코를 넘어 중앙 정계에까지 곽 대인의 손을 거친 돈다발이 흘러들어가지 않은 곳이 없었다.

그런 곽 대인의 저력을 저평가하고 도발을 감행한 용 대인.

홍콩에 머물러 있었다면 회생 가능한 기회라도 잡을 수 있었겠지만 지금으로서는 그마저도 물 건너간 마당이었다.

화교를 대표하는 열두 수장 가문들이 회동을 끝냈다.

가장 큰 어른인 장대인의 허락 아래 연대인이 주도적으로 여론을 이끌었고 방금 전 곽 대인에게 연통이 왔다.

용 대인의 완벽한 제명과 용씨 가문의 퇴출.

명분이 있는 전쟁이 곽 대인 측에서 시작되었다.

곽 대인이 용 대인에게 밀린다면 이곳 샌프란시스코와 미국 지분은 모두 넘어갈 것이다.

하지만 그 반대가 된다면 용씨 가문은 씨가 말리게 된다.

"시작해. 이제 우리 힘을 보여줘야지."

"존명!"

드디어 떨어진 곽 대인의 명령.

100년 역사를 갖고 있는 샌프란시스코 화교들의 지배자가 내뱉은 한마디가 전쟁을 알렸다.

허락된 영역을 넘어 탐욕을 드러낸 홍콩 멧돼지 사냥이 시작된 것이다.

"어때? 맛있지?"

"……."

'참나, 이걸 지금 요리라고 한 거야?'

도대체 왕 사장은 화령에게 뭘 먹여서 키운 건지 알 수 없었다.

북경루에서는 취급도 하지 않았던 최하급 요리들.

중화요리 중 고급요리 대명사로 인식되는 동파육의 고기가 입 안에서 살살 녹았다.

문제는 맛이 좋아 녹는 게 아니라 고기 육질이 흐물흐물해서 녹는다는 것.

'삼겹살 캔을 쓰다니… 이건 요리에 대한 모독이다!'

말로만 들었지 본 적이 없던 삼겹살 캔.

중국 본토에서 가공되며 여러 화학조미료를 조화롭게(?) 섞어 고깃결이 제대로 물렁물렁했다.

항주의 36대 대표 요리 중 당당하게 앞자리를 차지하는 동파육이 아닌가.

소동파 선생께서 친히 약한 불과 적은 물로 오랫동안 삶아야 진정한 맛이 난다 하였는데 아무래도 이건 아니었다.

샌프란시스코 차이나타운 메인 거리에서 가장 잘나간다는 비룡루였다.

일반 건물도 아니고 중국 본토에나 있을 법한 고풍스러운 건축물이다.

마치 처마가 그대로 날아갈 듯 솟아오른 대형 누각이 단연 돋보였다.

복과 부를 상징하는 복(福)이 금장식되어 사방에 도배돼 있고 호박 같은 등이 수백여 개 밝혀져 있는 건물은 화교들의 취향을 잘 보여주고 있었다.

유명 스타들이 수시로 드나드는 곳이라더니 건물 내외부가 사람 눈을 홀리기에 충분했다.

하지만 정작 가장 중요한 요리는 꽝이었다.

본래 동파육이란 요리가 시간과 정성이 들어가야 제맛을 내었다.

향을 내는 고급 조리용 술과 계피, 팔각, 생강, 대추, 진간장 등의 여러 향신료들이 적당히 조화를 이루며 섞여야 한다.

처음 약한 불로 시작해 길게는 하루 짧게는 몇 시간 이상 공을 들여야 하는 것이다.

북경루에서도 동파육은 예약 손님에 한해서 제공이 되었을 만큼 신경을 많이 쓰는 요리다.

그런데 주문한 지 20여 분만에 떡하니 앞에 차려졌다.

보기 좋게 붉은 자기 안에 먹음직스럽게 담겨 나온 동파육.

역시 보기 좋은 떡이 맛도 좋다 했으니 그럴싸해 보였다.

한 마리 우아한 학이 서 있는 푸른 자기와 신선한 빛깔의 청경채가 눈을 즐겁게 했다.

돼지고기 비곗살과 살코기가 적절하게 섞여 있어 입맛까지 돌게 했다.

그뿐인가.

향 또한 제법 코를 자극했다.

은은하고 밝은 갈색 소스로 윤기가 좌르르 흐를 정도로 코

팅이 되어 나온 동파육.

어서 한입 베어 물고 싶은 충동이 가슴 깊은 곳에서부터 꿈틀거렸다.

내 손으로 직접 한 요리가 아닌 제대로 된 중화요리를 이렇게 대접받아 본 적이 거의 없었다.

흠잡을 데 없는 자태를 뽐내는 동파육에 시선은 어지러웠고 콧구멍은 한없이 평수를 넓혔다.

입 안에는 침이 고인 지 오래였고 머릿속으로는 동파육을 먹어도 한참 전에 먹어 치운 판이었다.

첫 번째 메인 요리였기에 기대는 한껏 부풀어 있었다.

하지만……

'차라리 햄버거가 낫겠어……. 이건 사기야! 사기!'

역시 눈에 보이는 게 다는 아니었다.

자칫 성형 미인인 것을 모르고 키스하다 코에 넣은 조형물이 옆으로 밀린 상황이랄까.

보기 좋은 떡이 전부는 아니라는 사실을 다시 한 번 깨닫는 순간이었다.

1인당 200달러짜리 코스요리였는데 상태는 메롱.

동네 삼겹살만도 못한 삼겹살 캔을 사용한 급속 요리는 3분 요리 같은 저급한 맛이었다.

물론 가정식 요리의 진수가 어떤 건지 모르는 이들에게는 적당히 먹힐 만한 맛이긴 했다.

각종 화공약품과 식품첨가물에 중독된 혀로는 판별하기 쉽지 않은 맛이지만 내 입맛에는 낱낱이 까발려질 수밖에 없는 맛이다.

'공짜라 참는다.'

친구 대접하겠다고 화령이 쏘는 날.

우리들 중 돈이 아쉬운 사람은 없지만 화령의 배려를 흔쾌히 받아들였다.

좋은 분위기를 음식 맛 때문에 망칠 수는 없는 노릇.

대신 요리와 달리 서비스로 제공되는 차의 수준은 꽤 준수했다.

나는 요리 대신 차를 마셨다.

"정말 엄청난 맛입니다! 화령 씨 덕분에 오늘 입이 호강합니다. 하하하."

다만 한 놈만 입이 찢어졌다.

대기업 회장님 댁 따님인 예린이 역시 딱 한 점 입에 물고 난 뒤 계속해서 야채샐러드만 먹고 있었다.

유럽에서 배고픈 유령이라도 붙었는지 혁찬은 포크로 동파육 덩어리를 그대로 입에 쑤셔 넣고 떠들어댔다.

'아주 영혼을 내다 팔았구나……'

처음 화령과 인사를 나눌 때부터 스파크를 튀기던 혁찬.

두 사람은 이미 서로를 알고 있었다.

축구에 관심이 많았던 화령은 유럽에서 뛰고 있는 혁찬의 팬.

혁찬 또한 한 미모 하는 골퍼 화령에 관심이 많았다.

서로 만난 적은 없었지만 호감을 갖고 있었던 두 사람이 만났으니 당연지사 불꽃이 튈 수밖에.

운명까지 들먹이기엔 뭐했지만 분위기는 좋았다.

예린이와는 사뭇 다른 매력을 갖고 있는 왕화령.

여느 운동선수들처럼 꾸준하게 관리해 온몸은 건강함을 자랑했고 연신 생글거리는 얼굴에서는 미소가 떠나지 않았다.

살짝 까칠한 이미지의 예린이와 함께 있으니 더욱 비교가 되었다.

혁찬 또한 마찬가지.

떡하니 벌어진 넓은 어깨며 덩치 큰 유럽 선수들과의 몸싸움에서도 밀리지 않는 체격의 소유자.

"정말요? 혁찬 씨 입맛에 맞다니 다행이에요."

배시시.

'헐~ 저거 꼬리 치는 거 아냐?'

여우가 본격적으로 작업에 들어가기 전 보인다는 꼬리 흔들어 정신 홀리기 신공.

화령의 두 눈동자가 촉촉하게 젖는가 싶더니 반짝반짝 빛났다.

그리고 입술에 침을 살짝 바르고 남자의 심장을 파고드는 비음 섞인 음성을 흘려보냈다.

"화령 씨? 혁찬 씨? 놀고들 있네! 야 너희들은 교집합도 안 배웠어? 민이 친구에 친구면 다 까놓고 친구지. 씨? 목구멍에 넘어가던 게 다시 올라오려고 하거든? 꼴깝들 좀 그만 떨어!"

보다 못한 예린이가 꽥 소리를 질렀다.

분위기로 보아 예린이는 점점 기분이 안 좋아졌다.

일편단심 자신만 쳐다봐 줄 것 같았던 혁찬이 배신의 기미를 보이고 있다.

빤히 눈뜨고 지켜보는데 낌새를 못 느낄 리 없었다.

"어머~ 그것도 그러네? 그럼 혁찬 씨… 우리도 친구 하자."

"그, 그럴까? 푸하하! 난 완전 환영하지."

'입 찢어지겠다, 이놈아!'

혁찬의 표정은 봉 잡았다 수준이다.

호탕대소를 터트린 혁찬은 그렇지 않아도 큰 입이 메기처럼 쩍 찢어진 채 열렸다.

"혁찬! 우리 한잔할까? 친구 된 기념으로 말이야."

죽이 척척 맞는 화령과 혁찬.

한때 나에게 보냈던 화령의 묘한 눈빛이 오늘은 혁찬에게 향하고 있었다.

정해진 게 아무것도 없어 때론 복잡하지만 그래서 더 흥미로운 시절이 바로 지금 이 순간의 우리 모습이 아닌가 하는 생각이 들었다.

'풍운지회(風雲之會)의 인연이 시작되는군.'

혁찬과 화령이 또 하나의 아름다운 인연의 모습을 만들고 있었다.

두 사람의 모습을 보고 있자니 마음까지 따듯해지는 듯했다.

한 번의 연이 닿기 위해서는 전생에 천 번의 연이 엮여 있어야 한다던 양 도사의 말이 언뜻 떠올랐다.

확인할 길도 없고 확신할 수도 없지만 저 두 사람의 첫 만남을 보면 아주 틀린 말도 아닌 듯하다.

파바밧.

'그런데… 이 기운은 뭐지? 상당히 거슬리는데…….'

사실 차이나타운에 오면서부터 말로 표현하기 뭐한 낯선 기운이 내내 따라붙었었다.

찝찝한 기분이 계속 들었지만 과거에도 몇 번 경험해 본 느낌이라 대수롭지 않게 생각했다.

설악산에서 양 도사가 기척도 없이 숨어 나를 살피던 그 기운과 유사했다.

하지만 여긴 설악산도 아니었고 지금 현재 내가 약초를 캐고 있지도 않았다.

잠깐씩 하늘을 우러르며 한숨을 터트릴 때면 느껴졌던 으스스함 같은 기운이라고나 할까.

'설마… 양 도사가……! 아니야, 아니야. 과민반응은 이로울 게 없지.'

자칫 익숙해 있던 그 찝찝함이 나를 과대망상에 빠뜨릴 수도 있었다.

인적 없던 산중에서도 내 입에서 한마디 욕설이 튀어나오면 바로 날아들던 살인 암기들에 대한 기억.

부르르.

뼛속까지 각인돼 있는 공포가 몸서리 쳐졌다.

'절대 있을 수 없는 일이지. 달마대사라 해도 태평양은 못
건너!'.

신분을 확인할 수 있는 그 무엇도 없었던 노인네를 아메리
카에서 받아줄 리 없다.

밀항을 한다면 모를까 건너올 수 없는 땅.

나는 고개를 절레절레 흔들었다.

'…그럼 이건……'

기분 나쁜 기운은 한두 가지가 아니었다.

마치 하이에나 떼가 먹이를 몰아 노리는 듯한 그 무엇.

'일단 조심해야지. 젖은 낙엽도 골라서 밟아야 돼!'

나의 본능은 경계령을 내리고 있었다.

어떻게 찾은 나의 럭셔리 라이프인가.

과거의 기억은 싹 지워버리고 새롭게 맞이하고 있는 특급
비단길과 같은 삶.

몸조심하는 것만이 만수무강을 보장해 줄 수 있는 세상이
다.

친구들과 어울리면서도 나는 사방을 경계하는 것에 촉각을
곤두세웠다.

쉬이이이이이잇.

퍼어엉! 퍼어엉!

타다다다다다다당!

"…!!!"

"어? 뭐야?"

"폭죽 아냐?"

"으응. 오늘이 하지 축제날이야."

경계심을 끌어올리는 순간 갑자기 밖에서 들리기 시작한 화약 터지는 굉음.

예린이와 혁찬이 놀라 두리번거리자 화령이 아무 일도 아니라는 듯 설명했다.

"화교들의 전문 이벤트쯤으로 생각하면 돼. 사람들을 끌어들이는 날이야. 아직도 서양인들은 동양에 대해 신비감을 갖고 있거든."

화령은 화교다운 언변으로 고도의 사기술을 그럴싸하게 포장했다.

"오! 그렇군. 그럼 영화 같은 데 나오던 용춤도 볼 수 있는 거야?"

"응~ 아마도 용등무도 펼칠 거야. 사실 그걸 빼면 볼 게 없어~"

아주 마주치는 손바닥처럼 딱딱 맞아떨어지는 화령과 혁찬.

나와 예린이는 아랑곳하지 않고 서로 두 눈을 맞추며 얼굴에 환한 미소를 띠었다.

혁찬을 마주하며 웃는 화령의 낯빛은 햇살에 빛나는 복사꽃 같았다.

'그래~ 좋을 때다~'

설악산에 겨울이 와 계곡이 얼면 그 얼음을 깨고 들어앉아 있던 나를 보며 양 도사도 이런 말을 했었다.

콧물 질질 흘리며 숨도 제대로 쉬지 못할 만큼 골병이 든 나를 보고 좋을 때라고 말하던 양 도사.

상황은 좀 달랐지만 그때 양 도사가 이런 기분이 아니었을까 하는 느낌을 조금 알 듯도 했다.

고로 인연의 때가 되어 만나는 사람들 사이에는 스파크가 튄다고들 한다.

그야말로 전설적인 만남인 셈이다.

나도 그랬다.

처음 단비를 보았을 때 내 마음에도 스파크가 튀었다.

물론 확인해 줄 사람은 없지만 상큼한 충격을 받았었다.

'…잘하고 있겠지?'

경기 마지막 날을 보내고 있을 손단비.

컷 오프 탈락을 한 상태에서도 웃으며 날아온 화령과는 달랐다.

이제는 완벽하게 LPGA에서 인정을 받고 있는 초특급 선수.

하지만 화령이 흘리는 말로 짐작해 보건데 단비는 현재 들쭉날쭉한 경기력을 보이고 있었다.

으스스한 분위기로 첫날 대회 신기록을 냈던 단비가 다음 날부터는 영 엉망이 되었다는 것이다.

무슨 일인가 내심 걱정은 되었지만 대놓고 물어볼 수 없는 입장.

가뜩이나 메이저리그에 메인 몸이 되다 보니 함부로 개인

시간을 할애할 수도 없었다.

"나 화장실 좀 다녀올게~"

차에 술까지 한잔 걸쳐주신 왕화령.

살짝 웃음을 건네며 자리에서 일어났다.

"그래? 그럼 나도 같이 가."

예린이도 화령을 따라 일어났다.

화령에게 밀리지 않으려는 듯 한껏 치장을 한 예린이었다.

주변 테이블에 앉아 있던 사람들의 시선을 끌어당기기에 충분한 모습이었다.

눈에 띄는 미모의 여성에게 관심을 갖는 것은 만국의 공통점.

특히 남자들의 눈길은 노골적이었다.

"자식들~ 예쁜 건 알아가지고. 흐흐흐."

'헐~'

웃기는 상황을 혁찬이 연출했다.

미녀를 쟁취한 남자 티를 팍팍 내며 어깨를 으쓱하는가 하면 그 분위기를 제법 즐기고 있었다.

"많이 컸다."

"응? 뭐가?"

"코 찔찔 장혁찬이 제법 남자 냄새를 풍기는 거 보니까 말이야~"

"코 찔찔? 와아! 강민, 내가 언제 코 찔찔거렸어? 이 몸으로 말씀 드릴 것 같으면 3년 전이나 지금이나 뭇 남성의 표준 훈남 아니겠냐. 니가 못 믿겠지만 영국 가면 나 좋다고 졸졸 따라다니는 엄청난 미모의 극성 여성 팬들이 한둘이 아냐~"

잠깐 쏠렸던 화령의 관심이 혁찬의 간을 키워놓았다.

"그래? 그럼 내년에 한번 가보지."

"어? 뭐, 뭘 가봐?"

툭 던진 한마디에 눈을 동그랗게 뜨고 멍청하게 묻는 혁찬.

"쫓아다니는 엄청난 미모의 여자 팬들 많다면서?"

"그, 그래……."

"그러니까. 너를 향해 있는 미모의 여인들에게 나도 관심 한번 받아보려고. 너도 알다시피 나 공식 솔로잖아."

"미, 민아. 넌 야구해야지. 여기 물도 만만치 않더라……."

손사래까지 치며 만류하려드는 혁찬의 표정이 가관도 아니다.

"너희 팀 라이벌이 어디야? 제시카에게 말해서 테스트 좀 받아봐야겠다."

"헉!"

혁찬은 그냥 넘어가지 않고 진지한 말투로 말을 잇자 심히 당황한 기색이 역력해졌다.

'많이 컸다만 넌 아직 안 돼~'

3년 전 죽어라 예린이만 바라보던 해바라기 혁찬이 화령의 눈웃음 몇 번에 옷고름을 풀 기세였다.

겉으로 보기엔 사자도 맨손으로 때려잡게 생겨 먹은 녀석이 이러면 곤란했다.

그간 예린이에게 들인 공을 발로 차는 공처럼 여기고 있는 혁찬.

"민아! 너, 너에게 단비 있잖아! 졸업한 애들한테 들었어. 단비가 3년 동안 단 한 번도 한눈팔지 않고 널 기다렸다는데 이러면 안 되지!"

"…!!!"

예상치 못한 혁찬의 일격에 내가 다 정신이 번쩍 들었다.

"다, 단비가 나를?"

"몰랐어? 너희 둘 사귄다는 소문이 파다했었잖아. 골프부원들이 그랬어. 너 사라진 이후 단비가 한 달 정도 아예 말을 하지 않았다고 하지? 그리고 걔 있잖아, 단비랑 딱 붙어 다니던 애… 걔 이름이… 은……."

"은다혜!"

"어! 맞아. 은다혜! 걔가 얼마 전에 친구들한테 그랬대. 3년 동안이나 소식도 없는 남자를 망부석처럼 기다리는 단비를 위해 동창생들이 열녀비라도 세워줘야 하는 거 아니냐고. 웃자고 하는 소리였겠지만… 아주 없는 얘기는 아닐 거야. 야! 강민, 너 그러면 안 돼! 3년 동안 소식이 없는 남자 너 아니야? 단비가 기다린다는 사람이 너 아니냐고!"

"……."

'손단비…….'

나는 혁찬의 다그침에 할 말이 없었다.

그런 속사정까지는 알지 못했다.

그 어떤 누구도 나에게 그런 소식을 전해주지 않았을 뿐만 아니라 단비가 정말 나를 기다리고 있었을 줄은 몰랐다.

단지 혼자 하는 기대 정도였다고 여겼다.

"그리고… 말 나왔으니까 계속할게. 예린이가 너 좋아하는 거 알지?"

"……"

혁찬은 때를 만난 듯 연속된 공격을 해왔고 나는 반격의 기회를 잡지도 못했다.

"너 임마! 양심이 좀 있어라! 니가 남자라면 이제 정리를 해줘야 하는 거 아니냐? 니가 예린이 인생 망치고 있다는 생각은 안 들어? 친구면 친구, 아니면 미래를 약속해 주든가 말이야."

혁찬은 그간 나에게 할 말이 꽤 많았던 것 같았다.

여자가 자신을 좋아하는 것을 알면서도 선을 긋지 않는 것은 바람둥이나 하는 짓거리라고 퍼부었다.

혁찬의 입을 통해 듣게 된 내 주변 사람들의 감정들.

나도 알고 있었던 예린의 마음이 생생하게 느껴졌다.

목숨을 걸었는지까지는 확신할 수 없지만 내 편한 대로 그녀의 마음을 받았던 것은 사실이다.

그래서 오늘 이 자리에 내가 있을 수 있었던 것도 인정한다.

고마운 마음이 바뀐 것은 아니었지만 혁찬의 말대로 예린이를 향해 있는 나의 마음이 목숨을 걸 만큼 뜨거운 감정은 아니었다.

하지만 그녀는 인생에 있어 단 한 명 얻기도 힘들다는 친구.

딱 그 정도였다.

나에게 향한 예린이의 마음을 알고 있기 때문에 나도 그녀를 향해 마음을 돌려야 한다고는 생각지 않았다.

나도 내 마음을 통제할 수는 없었다.

사랑이란 녀석은 본래 나보다 더 사랑할 수 있는 사람에게 목숨을 걸게 되는 게 아닐까.

그 감정의 격한 바다에 거침없이 뛰어들 수 있는 용기.

아직 맛보지 못하고 있었다.

그와 비슷한 감정을 느낀 사람이 단비라는 사실밖에는 아직 모른다.

지금도 단비를 떠올리면 가슴 한쪽이 먹먹해져 왔다.

예린이와의 사이에 오해가 생겼다면 언젠가 풀리겠지 하고 쿨하게 넘길 수 있었다.

하지만 단비와는 그러지 못했다.

단비를 처음 만났던 그날.

나에 관해서 아무것도 알지 못한 상황에서 그녀가 선뜻 건넸던 드라이버.

별것 아닐 수 없는 골프 선수에게 제2의 오른손이라고 불릴 정도로 중요한 물건이었다.

갖은 고초를 겪던 설악산에서도 단비만을 떠올렸었다.

그래서 더더욱 당당한 모습으로 그녀 앞에 서고 싶었다.

이미 슈퍼스타가 돼 있던 단비에게 부끄럽지 않은 남자가 되기 위해 그녀에게 어울리는 명성을 얻으려 했을 뿐.

본의 아니게 시간과 공간의 제약 속에 오해가 쌓이고 말았다.

나는 결코 포기한 적이 없었다.

오해였음을 밝히고 싶어 외쳤지만 지금 이 순간도 직접 전하지 못한 것이 안타까웠다.

내 입장을 전혀 알 리 없는 혁찬은 거침없이 일갈을 터뜨리며 충고를 날렸다.

눈을 감았다.

강렬한 생각들이 만들어낸 폭풍이 연속으로 휘몰아쳤다.

혁찬의 말대로 이젠 정리할 때가 되었다.

단비와 예린이.

3년 전과는 사뭇 달라진 여인들과 나와의 모호한 관계들.

나 역시 3년 전의 내가 아닌 이상 주변 인연들과 선을 분명히 해야 할 이유가 있었다.

세상은 나를 메이저리그 프로 야구 선수 K라고 부르고 있다.

모든 것에 책임이 따르는 만큼 분명한 입장이 필요할 때였다.

막상 혁찬의 입을 통해 나의 입장을 분명하게 보게 되자 심장이 뜨거워졌다.

"……"

잠시 침묵이 이어졌다.

아직 자리로 돌아오지 않은 두 여인.

"미, 민아……."

조용히 눈을 감은 채 생각에 빠져 있는 나를 혁찬이 조심스러운 목소리로 불렀다.

막상 말하고 나니 너무 막나갔다 싶은 생각이 든 모양이다.

"그, 그냥 나온 말이니까 너무 신경 쓰지 마라……. 이놈의 술이 웬수지……."

3년 동안 떨어져 지낸 만큼 나의 본 모습을 잠시 망각했다 과거 나의 전과가 이제야 떠오른 듯했다.

"장혁찬."

가만히 눈을 뜨며 혁찬의 이름을 불렀다.

"응, 민아……."

순간 혁찬의 눈동자가 파르르 떨렸다.

그리고 나의 눈을 피했다.

"고맙다."

"엥?"

씨익.

나는 두 눈을 똑바로 뜨고 혁찬의 눈을 응시했다.

"뭘 놀라? 고맙다고. 날 깨우쳐 줘서."

"저, 정말이냐?"

"나중에 제대로 한턱 쏘마."

고개를 스윽 끄덕이며 고마움을 표했다.

푸들푸들.

혁찬의 안면 근육이 잔뜩 긴장했다 풀리며 푸들거렸다.

"움하하하하하하! 그래, 고맙지? 나 아니면 누가 너에게 인생의 교훈을 가르쳐 주겠냐? 강민, 넌 친구 하나 진짜 잘 만난 거야!!!"

"그래……. 친구, 고맙다. 오늘 은혜 꼭 갚겠다!"

"무슨 은혜씩이나~ 민이 네가 뭐 갚고 싶다면 말리지는 않겠다. 우리의 깊은 우정으로 쿨하게 받아주마!"

뭔가를 기대하는 듯한 혁찬의 욕망(?)이 스치는 눈동자.

"그래. 내년에 꼭 영국에서 만나자. 너와 같이 뜨거운 그라운드를 누비고 싶다!"

"켁!"

몇 마디 말끝에 혁찬의 얼굴이 하얗게 질렸다.

하루만 면도를 하지 않아도 검은 수염이 흉하게 숭숭 솟는 혁찬이 귀엽게 보였다.

친구.

단 몇 달 함께 학교 생활한 게 다였지만 많은 걸 나누었던 녀석이다.

혁찬의 말처럼 나에게 이런 충고를 줄 만한 사람이 주변에는 없었다.

순수한 충고를 기쁘게 받아들였다.

이런 게 우정이 아니겠는가.

'…그런데 늦네.'

꽤 시간이 흘렀음에도 예린과 화령의 모습은 보이지 않았다.

잠깐 들렀다 나오면 되는 시간임에도 아직 자리에 돌아오지 않고 있었다.

푸른 치파오를 입은 여종업원이 다음 코스 요리를 내왔다.

가늘게 뜬 눈매와 단정하게 묶은 머리, 그리고 붉고 두툼한 입술이 눈에 확 띄었다.

처음 코스 요리를 내왔던 사람은 아니었다.

"두 번째 요리입니다."

'중국 사람이야?'

영어를 쓰지 않았다.

분명 이곳이 미국임을 감안할 때 중국 본토인을 종업원으로 두고 있다고 해도 영어를 쓰는 게 보통이다.

"뭐라고 그러는 거야?"

역시 중국말을 알아듣지 못한 혁찬이 나를 보며 물었다.

"맛있게 먹으란다."

"그래? 잘 먹겠습니다~ 누님~"

조금 전까지 나를 다그치며 결단 어쩌고 했던 녀석이 예린과 화령이 없는 사이 곧장 눈이 풀렸다.

괜찮다 싶은 여성 앞에서는 한없이 착해지는 남자들의 본성을 그대로 갖고 있었다.

잇몸까지 드러내며 활짝 웃는 혁찬.

두 눈에는 애교가 철철 넘쳐흘렀다.

"별말씀을요."

"헛!"

"…!!!"

정확하게 귓속을 파고드는 한국어.

순간 혁찬과 나는 깜짝 놀랐다.

스르르륵.

여종업원은 원형 테이블 위에 뚜껑이 덮인 은쟁반 요리를 내려놓고 조용히 돌아섰다.

"와? 한국 사람이었어?"

하도 발음이 정확하고 명료해서 한국인으로 착각이 들 정도였다.

혁찬은 아예 한국 여성으로 본 모양이었지만 내 눈에는 그렇게 보이지 않았다.

'한국 여성이 아니다. 한국을 잘 아는 화교다.'

정체를 알 수 없는 기운에 온몸에 찌릿하고 전기가 도는 듯했다.

증상으로 봐서 좋은 징조는 아니었다.

불길할 때 나타나는 예지력.

'설마!'

휘익.

나는 재빨리 쟁반 위에 덮은 뚜껑을 열었다.

두 번째 요리라고 말하며 놓고 갔지만 온기나 냉기 같은 게 느껴지지 않았다.

찰캉.

가벼운 소리를 일으키며 모습을 드러낸 것.

"미, 민아. 이게 뭐냐?"

제3장
그분이 오셨다

마스터K

"왕화령, 내 충고 다 잊은 거야?"

"어머~ 내가 뭘 잊어~ 나 바보 아니야~"

명칭만 화장실이지 비룡루의 레스트룸은 차이나타운 명물답게 그 위용이 달랐다.

황금을 좋아하는 화교들답게 사방이 황금빛으로 코팅돼 있는가 하면 검은 대리석 안에 보란 듯이 황금 세면대까지 놓여 있었다.

촤아아앗.

볼일을 마치고 세면대 앞에서 손을 씻던 화령에게 예린이 까칠한 목소리로 경고성 발언을 내뱉었다.

"다시 말해 두는데… 민이한테 꼬리 치지 마."

"호호, 내가 뭐 여우라도 되는 것처럼 말하네. 꼬리치지 않아~"

굳어 있는 예린의 표정과 달리 화령은 연신 미소를 잃지 않고 있었다.

이래봬도 화령은 고달픈 사회생활인 프로 골프 세계에서 활동하고 있었다.

반면 예린은 아직 학생 신분.

화령의 상대가 되지 못했다.

"그럼 됐어."

스윽스윽.

일회용 티슈를 거칠게 뽑아 손을 닦는 유예린.

강민의 집까지 왔지만 가슴속 빈자리는 채워지지 않았고 부쩍 불안해졌다.

혁찬과 다름없는 친구로 대해오는 강민.

사랑하는 연인들이 주고받는 눈빛과 애틋함은 찾아볼 수 없었다.

마치 투명한 가을하늘 같은 순수함만이 가득한 강민의 눈빛.

그의 눈빛을 마주하다 보면 현실을 인정해야 한다는 굳은 마음까지 흔들리기 일쑤였다.

며칠 동안 지켜봤지만 별다른 기류는 느끼지 못했다.

따로 연락하는 사람이 있는 것 같지도 않았다.

이따금 울리는 전화 벨소리에 신경이 쓰이긴 했지만 민이의 태도는 한결같았다.

밝고 쾌활한 목소리로 상대방을 대하는 강민.

왕화령을 대하는 모습도 다른 때와 다름이 없었다.

약간 들뜬 화령과 달리 강민의 감정에는 별다른 변화가 보이지 않았다.

"그럼, 나 부탁 하나 해도 돼?"

친한 사이는 아니지만 어차피 친구 먹기로 한 자리.

화령은 두 눈 가득 웃음기를 머금고 예린에게 말을 건넸다.

"부탁? 나한테?"

"응~ 부탁."

"뭔데?"

말은 시큰둥하게 내뱉었지만 예린이도 내심 화령이 무슨 부탁을 할지 궁금했다.

"장혁찬 선수 말이야……."

"혁찬이?"

"내가 만나도 되는 거지?"

"어? 마, 만나?"

"그래. 오늘 딱 보고 첫눈에 감이 오는 거 있지. 민이를 봤을 때보다 강렬하게 내 영혼에 신호가 왔어."

꿈꾸듯 몽롱하게 자신의 감정을 표현하고 있는 왕화령의 적극적인 자세.

"……."

순간 예린은 머릿속이 멍해졌다.

이건 전혀 예상치 못했던 상황이다.

예린을 3년 동안이나 졸졸 쫓아다녔던 혁찬이다.

그가 마음에 든다는 느닷없는 화령의 고백이 묘한 충격을 주고 있었다.

"나 밀어줄 거지? 예린, 나 강민한테는 관심 껐어. 믿으라고."

"어? 어……."

"호호, 고마워. 사실 민이는 내가 상대하기에는 좀 벅차. 3년 전이나 지금이나 민이 마음을 여는데 난 역부족이야. 속담에도 있잖아. 한국인은 밥을 먹어야 하고 영국인은 빵을 먹어야 한다는. 이 말이 지금 적당한지는 모르겠어."

말도 안 되는 속담 구절을 읊어대는 왕화령.

진짜 첫눈에 누군가에게 반한 여인처럼 두 눈에 기쁨이 가득했다.

'…내 기분은 왜 이렇지?'

혁찬을 좋아한다는 왕화령의 선언에 괜한 서운함이 예린의 가슴속을 휘저었다.

혁찬은 언제까지나 자신을 좋아할 줄 알았다.

그 마음을 받아주진 않았지만 자신을 좋아해 주는 사람이 있다는 게 싫지는 않았다.

강민을 처음 보았을 때 그가 먼저 예린의 마음 자리를 차지해 빈자리가 나지 않았을 뿐이다.

그동안 혁찬이 보였던 정성이 빠르게 머릿속을 스쳐 지나갔다.

유럽으로 가기 전까지 혁찬은 예린의 보디가드를 자처하며 그 몫을 톡톡히 했었다.

강민이 사라진 학교는 텅 빈 것 같았고 그 빈자리를 혁찬의 재롱과 관심으로 넘긴 게 한두 번이 아니었다.

"혁찬이… 좋은 친구야. 마음도 따듯하고 배려심도 강해."

"그렇지? 그럴 것 같았어. EPL에서도 성격 좋기로 소문이 자자하대. 실력에 성격까지, 몸은 또 얼마나 섹시한지… 호호. 그리고 말이야. 그 까뭇까뭇한 콧수염 봤지? 얼마나 남자다운지 모르겠어. 호호호."

예린의 눈에 비친 왕화령은 콩깍지가 제대로 씌인 듯했다.

분명 오늘 혁찬을 마주하기 전까지 강민에게 작업을 걸었던 왕화령이다.

그건 왕화령 스스로도 놀라고 있는 부분이었다.

골프를 하고 있으면서 취향은 축구를 좋아하는 왕화령.

유럽리그에 진출한 동양인 선수들 중에서도 장혁찬에 대한 호기심이 강했었다.

눈여겨보던 선수를 직접 눈으로 보자 마음이 주체할 수 없을 만큼 요동쳤다.

물론 강민에게도 호감을 갖고 있었지만 왠지 부담스러운 어떤 벽 같은 게 느껴지던 사람이었다.

그리고 주변에 왕화령만 있는 게 아니었다.

가뜩이나 집안의 힘도 예전 같지 않았다.

과거 화려했던 명성은 꺼져가는 불빛처럼 흐려지고 있었다.

유예린의 경고가 아니어도 아만다 로엘까지 흑심을 품고 있는 강민이었다.

'너도 아니거든… 유예린. 꿈 깨는 게 좋아.'

화령이 볼 때 예린도 강민에게 헛물을 켜고 있는 것으로밖에 보이지 않았다.

눈빛이나 표정만 봐도 강민은 예린을 전혀 이성으로 보고 있지 않았고 마음이 다른 데 가 있는 사람 같았다.

여자의 직감은 본능적으로 그런 메시지를 전달해 주었다.

차이나타운 비룡루에 들어서는 동안 예린에 대한 별다른 배려를 보이지 않았던 강민이었다.

편한 친구 이상의 모습은 아니었다.

예린의 눈은 강민을 쫓았지만 강민은 그렇지 않았다.

그게 강민의 예린에 대한 마음이었다.

그녀도 강민의 관심 밖인 이 마당에 화령까지 끼어들고 싶지 않았다.

차라리 사춘기 시절부터 꿈꾸던 프로 축구 선수 혁찬이 이상형에 더 가까웠다.

상황이 묘하긴 하지만 예린에게 도움을 청할 만큼 화령의 마음은 굳어졌다.

혁찬이 예린에게 보이는 애틋한 마음이 눈에 거슬렸다.

'아빠도 이해하실 거야.'

혁찬 정도면 충분히 매력적인 사람이다.

앞으로 더 많은 스포트라이트를 받을 가능성이 높았다.

그렇게 되면 상품성도 높아진다.

"잘 해봐…… 기꺼이 도와줄게."

목소리에 살짝 힘이 빠지긴 했지만 예린이의 말은 진심이었다.

"고마워~ 이번 일을 계기로 좀 더 친하게 지내자."

예린이 입을 통해 확답을 받고 화령의 마음은 한층 더 개운해졌다.

기분 좋게 손을 내미는 화령을 복잡한 마음으로 바라보는 유예린.

또각또각.

날카로운 구둣발 소음이 뒤에서 들렸다.

탁!

그때 갑자기 두 사람의 이마에 차가운 금속 이물질이 느껴졌다.

"헛!"

"…!!!"

동시에 아주 짧은 비명 소리가 터졌다.

화령과 예린의 몸은 사시나무처럼 떨려왔다.

거울에 비친 정체불명의 두 여성.

두 눈을 똑바로 쳐다보며 새카만 권총을 들이댔다.

비룡루 직원들과 같은 유니폼을 입고 있었다.

"조용히 따라와. 그렇지 않으면……."

꾸욱.

이마에 좀 더 강한 자극이 느껴졌다.

"……."

이미 새하얗게 질릴 대로 질린 화령과 예린은 숨도 제대로 쉴 수 없었다.

거울에 비친 두 여성의 표정이 장난 같지 않았다.

꽤 뛰어난 미모를 겸비한 두 여성은 외모와 달리 냉혈한의 눈빛처럼 차가운 눈을 가졌다.

"우, 우리에게 왜 이러는 거예요……."

예린이 이성을 잃지 않고 물었다.

차이나타운의 유명 레스토랑인 비룡루 레스트룸에서 일어난 불의의 일격.

이건 오성 그룹을 음해하려는 무리가 예린을 노리고 납치극을 벌이고 있는 것일 수도 있었다.

"친구를 잘못 둔 죄라고 해두지. …크크."

총구를 겨눈 한 여성의 목소리는 마치 남성처럼 쇳소리를 흘려보냈다.

"조용히 따라와."

중국 본토 발음이 아니었다.

"도, 돈이 목적이라면 지금 당장……."

퍽!

"컥!"

타협을 해보려던 왕화령의 목덜미를 한 여성이 내리쳤다.

이내 정신을 잃고 무너져 내리는 화령을 가볍게 들쳐 멨다.

어느 때건 여러 사람이 드나들 수 있는 공간이었음에도 긴장하는 기색이 전혀 보이지 않았다.

"너도?"

예린을 매섭게 노려보며 여전히 총구를 겨누고 있던 여성이 물었다.

"아, 아니에요. 가겠어요."

이쯤 자신들을 구하러 강민이 문을 열고 들이닥치면 좋겠지만 여긴 여성 전용 공간이었다.

소리를 지른다고 이들이 놀라 도망칠 것 같지도 않았다.

'민아……'

예린은 소리없는 간절함으로 강민이 나타나주기만을 바랐다.

"바보야……. 바보."

사르르륵.

디저트로 나온 아이스크림을 붉은 혀로 핥았다.

마치 주린 배를 채우고 난 뒤 고양이가 생쥐를 잡고 희롱하는 듯 손장난을 쳤다.

2층 창가 쪽에 자리를 잡고 앉아 1층 룸 안 유리 너머로 보이는 한 남자를 응시하고 있었다.

긴 머리카락을 단정하게 뒤로 묶고 자이언츠 팬처럼 야구 모자를 눌러썼다.

이곳 샌프란시스코 사람들처럼 보이기 위해서다.

몸에 착 감기는 블랙진에 같은 색상의 셔츠를 걸쳤다.

흔히 눈에 띄는 동양 여성의 외모가 아니었다.

꼬아 앉은 다리 라인을 따라 상체로 올라갈수록 몸의 선이 꽤 아름답다는 것을 알 수 있었다.

작은 체격에 비해 비율이 상당히 좋았다.

입가에 연신 비치는 생글거리는 미소.

붉은 입술이 장난기 가득한 고양이 같은 눈빛과 절묘하게 잘 어울렸다.

그녀 옆으로 빨강색의 광택이 나는 비올라 케이스가 세워져 있다.

혼자 비룽루의 만찬을 즐기고 있는 모습이 이곳 토박이 같아 보이지는 않았다.

스윽.

그녀는 잠깐 레스트룸 쪽으로 시선을 돌렸다.

비룽루에 들어서면서부터 느꼈던 묘한 긴장감.

이 정도 기운이라면 진작 눈치를 챘어야 함에도 전혀 반응을 보이지 않고 있었다.

또래들과 웃고 떠들며 수다를 떠느라 감지하지 못한 것처럼 보였다.

하긴 이곳은 샌프란시스코 차이나타운.

몇 발작만 나가도 그럴싸한 살기를 풍기고 다니는 이들이 쉽게 눈에 띄었다.

일일이 대응하다가는 순식간에 기를 다 소진하게 될지도 모르는 일이다.

하지만 3년 전 본인을 물 먹였던 실력을 갖고 있는 녀석치고
는 주변 기운에 너무 관심이 없어 보였다.

"자신을 지킬 힘이 없는 자들을 친구로 사귄다는 건… 인생
피곤해지는 일이야……. 강민 상……."

혼잣말로 중얼거리는 여인.

꼬았던 다리를 풀어 다시 반대편으로 꼬아올렸다.

그녀는 다름 아닌 일월문의 후계자 미요코였다.

강민의 뒤를 쫓다 자연스럽게 따라 들어온 비룡루.

분명 이곳에 흐르고 있는 기운은 예사롭지가 않았다.

낮게 조용하게 느껴지는 날카로운 기운들에 미요코도 긴장
을 늦추지 않고 있었다.

강민 주변을 맴돌고 있는 이들의 모습은 비룡루의 직원들이
었지만 그들의 모습은 어딘가 어색했다.

그리고 함께 동석했던 여성 두 명이 자리를 뜨고 곧바로 일
이 터졌다.

터더더덕.

룸으로 전달된 요리를 확인하고 난 뒤 곧장 자리에서 튕기
듯 일어났다.

그리고 바로 뒷문으로 튀어가 버린 강민과 그의 동료.

"아쉽지만… 오늘까지야."

강민의 생활 패턴이 꽤 흥미 있어 얼마간 지켜보았다.

짧은 시간 안에 이뤄낸 메이저리그 진출과 또 주변의 변화들.

일월문 살수의 임무를 띠고 있었지만 미요코도 어차피 세상

을 사는 한 여인임은 부인할 수 없었다.

중등 과정까지는 평범한 교육을 받았고 이후 시간들은 피나는 수련의 연속이었지만 보통 사람들이 꿈꾸는 삶까지 부정할 수는 없는 노릇이다.

그런 삶을 단 한 번도 동경하지 않았다고 한다면 거짓말.

그간 강민을 통해 세상의 일을 간접적으로나마 느꼈다고 해도 과언이 아니다.

처음 강민을 제거하기 위해 수집하기 시작한 정보를 비롯 추적해 오면서 접한 여러 사건들의 전말.

이제는 아메리카에서 당당하게 이름을 날리는 상황까지 되었다.

"…먼저 나서야 한다……. 노리는 놈들이 너무 많아……."

생각지도 않은 고민에 빠진 미요코.

강민을 노리는 자들이 한둘이 아니라는 것을 안 이상 더 시간을 지체할 수 없었다.

스윽 자리에서 일어나며 옆에 세워둔 비올라 케이스를 집어 들었다.

가문의 보검인 일월쌍검이 들어 있는 물건.

2층 창문을 통해 순식간에 비룡루를 빠져나가는 날렵한 검은 고양이 미요코.

테이블 위에는 100달러 한 장이 스푼 아래 얌전히 놓여 있었다.

마치 처음부터 아무도 앉은 적이 없었던 자리처럼 고요했다.

'젠장! 빌어먹을!'

화가 머리끝까지 치고 올라왔다.

방심하고 있었다.

나름 조심한다고 생각했지만 이곳은 많은 사람이 오가는 대형 식당.

설마 이런 곳에서 납치 사건이 일어날 줄은 몰랐다.

언뜻 봐도 한국의 거리와 사뭇 다른 느낌의 사람들이 많이 눈에 띄었던 것은 사실이다.

뭐랄까.

얼굴에 화기가 가득한 이들이 많았다.

샌프란시스코 차이나타운은 그런 사람들이 더 많아 일일이 신경 쓰며 대응하기엔 무리가 있었다.

또 총기 소지가 자유로운 국가, 미국이었다.

괜한 사람들과 시비라도 붙게 되면 서로 피곤해질 게 뻔하니 알아서들 조심하는 것이다.

화령과 만나 거리 구경을 한 것은 아주 잠깐이었고 곧장 안전한 실내를 찾다 비룡루로 들어왔다.

시간대가 저녁 식사 때라 대부분의 좌석은 차 있었다.

화령이 예약해 두었던 룸.

오랜만에 긴장을 풀고 대화를 즐겼다.

계획된 테러가 일어나기 전에는 안전하다 할 만한 공간이었다.

또 비룡루 입구 쪽에 서 있는 직원들의 눈빛은 경호원 포스가 날 만큼 믿음직스러워 보였다.

'더러운 자식들!'

아직 정체를 파악하지도 못했고 짐작도 되지 않았다.

대신 걸리는 놈은 있었다.

차이나타운에서 이 정도 일을 벌일 수 있는 자라면 화교와 밀접하게 관련돼 있는 인물, 용 대인뿐이다.

확신할 수 없는 건 분명 그들도 파벌이 있다는 것이다.

현재 샌프란시스코 차이나타운은 다른 파벌의 영역이다.

내가 모르는 무슨 일이 발생한 것이 분명했다.

요리 그릇에 남겨져 있던 쪽지 한 장.

친구들을 살리고 싶으면 뒷문으로 나오라고 적혀 있었다.

화령과 예린을 찾아 화장실을 다 뒤졌지만 이미 사라진 후였다.

순간 심장이 멎는 듯한 충격에 휩싸였다.

나 혼자였다면 어떻게든 위기를 돌파할 수 있었겠지만 친구들까지 연루되어 버린 상황이다.

3년 전 달수파가 나를 잡기 위해 저질렀던 치졸한 악행이 떠올랐다.

지금 상황도 크게 다르지 않을 것으로 생각됐다.

비겁하게 내 주변 사람들을 이용해 나를 코너로 몰아넣고 있었다.

으득.

이가 갈렸다.

양 도사가 그렇게 주의하라고 말한 것들이 결국은 이런 것이리라.

악인의 원한을 제거하는 방법은 그 뿌리를 뽑는 것이라 했다.

'가만 두지 않겠어!'

분노가 머리꼭지를 뚫고 나올 지경이었다.

심상치 않은 분위기를 감지하긴 했지만 이곳의 특성인 줄 알았다.

설마하니 화장실을 납치 공간으로 쓸 줄은 생각지 못했다.

콰당!

놈들은 치밀하게 계획된 범죄를 저지른 것이다.

나는 철로 된 뒷문을 거칠게 열고 밖으로 튀어나갔다.

비룡루 뒷문은 평소 사람들이 출입하는 문이 아닌 것 같아 보였다.

1층 주방 옆쪽으로 길게 나 있는 통로.

그 문을 통과하자 의외로 넓은 공터가 눈에 들어왔다.

주차장도 아니고 창고도 아닌 도심 한가운데 이렇게 넓은 빈터가 있을 줄은 몰랐다.

그야말로 화려한 도심의 음지가 비룡루 뒤쪽에 있었다.

더 이상 어디로 통하는 문 같은 것은 보이지 않았다.

식재료나 빈 박스가 한쪽에 쌓여 있는 게 다였다.

7층 건물 좌우와 정면으로 떡하니 10층 건물이 교묘하게 등을 지고 서 있었다.

그야말로 완벽하게 고립된 공간인 셈이다.

가로세로 폭이 100여 미터는 돼 보였다.

척 봐도 좋은 일로 쓰일 것 같아 보이는 곳은 아니었다.

"미, 민아……."

쿠우웅.

나의 뒤를 바짝 쫓아오던 혁찬의 입에서 두려움 섞인 목소리가 흘러나왔다.

문이 닫혔다.

이건 들어와서 갇혔다고 해야 할지 건물 밖으로 나왔다고 해야 할지 모르는 상황.

통과했던 문이 열리지 않는 한 벗어날 수 없는 구조였다.

그리고.

"비열한 자식들."

처음부터 나를 기다리고 있었던 듯 일단의 무리가 눈에 들어왔다.

푸른 화복 차림으로 무려 30여 명이나 되었다.

물론 눈에 익은 놈도 섞여 있었다.

'장량…….'

예상했던 대로 용 대인의 하수인들이었다.

앞쪽에서 폼을 잡은 10여 명은 뭐 좀 있어 보이는 자들이었고 뒤로 20여 명이 도열해 있었는데 하나같이 총을 들고 있었다.

그들의 옷은 하나같이 화려하게 용무늬가 수놓아져 있었다.

뒤쪽은 은색으로 앞쪽은 붉은 색으로 수놓아진 용무늬.

용 대인 가문을 상징하는 하나의 표식이었다.

"미, 민아!"

그들 뒤쪽에서 머리에 총구가 겨냥된 채 바닥에 꿇어 앉아 있던 예린과 화령이 언뜻 보였다.

놀란 채 두 눈을 동그랗게 치뜬 화령과 그런 그녀를 끌어안고 바들거리고 있는 예린이.

"오랜만이다 강민."

역시 장량이 먼저 입을 열며 나를 알은 체했다.

"쪽팔린 짓을 한 건 알고 있나?"

"미안하게 됐다."

본토발음 못지않은 말에 되도 않게 사과를 하고 나왔다.

사실 무도의 길을 걷는 자에게 이렇게 치졸한 방법을 쓰는 것은 창피한 일이었다.

납치와 협박도 모자라 단체로 해온 공격.

그만큼 나를 향한 용 대인의 적개심이 크다는 말이 되었다.

"보내줘라. 주먹을 쓰는 남자라면 이쯤 한 것으로 됐다고 생각하는데……."

친구들을 먼저 위험에서 빼내는 게 급선무였다.

놈들의 분위기를 보아하니 나 하나만 치운다고 순순히 물러날 것 같지 않았다.

"……."

대답이 없는 장량.

눈은 장비처럼 부리부리했지만 현실은 그렇지 않았다.

주인만을 위해 일하는 똥개 수준의 무인 장량.

"흐흐, 거절하겠다. 그렇게는 안 되겠군."

장량이 아닌 다른 자가 대신 입을 열었다.

짜리몽당한 키에 매서운 눈동자를 가졌다.

간사한 쥐새끼 같은 분위기를 풍겼다.

붉은색 용이 몸을 휘감고 있었다.

조용하고 무겁게 그 자를 노려보았다.

"대인의 일에 방해를 놓았다. 그러고도 편할 줄 알았나? 인심 써서 저승길 동무는 몇 함께 보내줄 의양이 있다. 흐흐."

끝까지 비열함을 잃지 않고 있었다.

"넌 이름이 뭐냐?"

통성명할 분위기는 아니었지만 놀리는 주둥이를 보아하니 배짱이 두둑해 이름을 물었다.

"용 대인을 모시고 있는 당유방이다."

생긴 것이나 분위기, 그리고 이름까지 딱 어울렸다.

친절함을 가장한 채 비릿한 살기를 풍기는 당유방은 용 대인 가문의 책사나 모략가 정도의 역할을 하는 것으로 보였다.

쉬이이이이이잇.

파아앙! 파바방!

삐리리리리리리리~

칭! 치이잉~!

공터의 분위기와는 사뭇 다른 건물 너머의 소음들.

하늘의 폭죽 행렬과 연이어 터지는 요란한 악기 소리가 들려왔다.

몇 발의 총성이 오간다고 해도 전혀 이상하게 생각되지 않을 상황이다.

장소와 때를 골라도 꽤 잘 골랐다.

'…젠장… 수가 너무 많다!'

문제는 총이었다.

한두 명 정도가 아니라 나 혼자 해결하는 데 문제가 있었다.

시간을 잠시 멈추거나 이동술을 펼칠 수 있는 수준이 아니라면 화령과 예린이는 구할 수조차 없다.

틈이 보이지 않는 놈들의 진.

권총이 아닌 기관총들로 무장한 것도 문제다.

뿐만 아니라 장량 앞 쪽에 서 있는 다섯 명의 지긋하게 나이먹은 노인들.

보기에는 흐물흐물한 분위기였지만 흘러나오는 기운만은 만만치가 않았다.

장량을 앞선 고수의 냄새를 풍겼다.

오늘 제대로 똥 밟았다.

"원로들께서 먼저 나서 주서야겠습니다."

아니나 다를까 당유방이 다섯 명의 노인을 원로들이라 부르며 공손하게 고개를 숙였다.

총질 몇 방으로 간단하게 끝낼 수 있는 상황임에도 당유방은 원로들을 청했다.

"대인께서 네 목숨은 붙여 놓으라 하셨다."

'나를 포 뜨겠다는 심산이군.'

분노가 차고 넘치다 보니 허탈함의 경지에 들어선 듯했다.

차라리 마음은 한없이 평온해졌다.

아무리 황금동자삼을 섭취해 내공을 비약적으로 키워놓았다 해도 손바닥에 벼락을 뿌릴 수는 없는 상황.

무소의 뿔처럼 혼자 갈 수 없는 처지였다.

웬만하면 적들을 도처에 두고 싶지 않았다.

뜻하지 않게 주변 인연들까지 엮어 나를 옭아맨 그물들.

'휴우.'

속으로 한숨을 내쉬며 하늘을 올려다보았다.

수많은 가로등 불빛 때문에 샌프란시스코의 밤하늘에 떠 있는 별들은 그 빛이 죽어 있었다.

먼 바다 쪽 하늘에서만 간간이 별빛이 눈에 띄었다.

"량에게 네 얘기는 들었다. 장료라 한다."

원로들 중 맨 앞에 선 백발의 노인이 입을 열었다.

얼굴 생김새가 장량과 닮아 보이는 것이 한 핏줄처럼 보였다.

두 눈에서는 서릿발 같은 광체가 흐르고 체격 또한 나이를 짐작키 어려울 정도로 단단해 보였다.

"…내가 목적인 것 같은데……. 내 친구들을 보내주면 안 되겠소?"

나는 마지막으로 원로 장료에게 부탁했다.

일단 당유방보다는 위에 있는 자.

큰 기대는 하지 않았지만 희망을 걸었다.

"미안하군. 가문에 메인 몸, 대인의 뜻을 거스를 수 없다."

고개를 젓는 그의 눈빛은 진심으로 미안해하는 듯했다.

서로의 입장을 고려할 때 이해는 되었지만 용서할 수 없는 태도였다.

"예린아."

상황이 이렇다면 더 이상의 대화는 무의미했다.

"응… 민아…….."

그 어느 때보다 두려워하고 있을 예린이와 화령.

"미안하다."

"…난 괜찮아."

이 모든 상황이 나로 인해 벌어진 사태임을 예린이는 알고 있었다.

설악산 멧돼지 앞에서 맛본 위기 이후 또다시 직면한 죽음의 공포.

"혁찬아……. 여기서 살아서 나간다면… 나 유럽은 안 간다."

"그, 그래……. 고맙다."

혁찬도 남자라고 온 정신을 집중해 이 상황에 집중하고 있었다.

"…죽게 되더라도… 다시 보자."

다음 생에도 이들과 다시 친구로 만날 수 있다면 나에게는 큰 행운이 될 것이다.

짧았지만 다시 얻을 수 없는 즐거웠던 시간들을 이들이 나에게 선물해 주었다.

"오케이!"

농담인지 진담인지 모를 나의 말에 혁찬이 대꾸를 해왔다.

나의 말에 기운이 빠진 게 아니라 더 힘을 얻은 듯한 모습이다.

축구장에서야 거칠 것 없이 뛰어다녔겠지만 지금은 총 앞에 한없이 무기력한 인간의 처지일 뿐.

"난 싫어……."

그때 예린이 소리쳤다.

파밧.

나를 바라보는 그녀의 눈빛은 그 어느 때보다 뜨겁고 깊었다.

예린이와 나의 거리는 약 50여 미터.

꽤 거리가 되었지만 그녀의 눈빛은 정확하게 나를 보고 있었다.

사방이 막혀 있는 공터였기 때문에 예린이의 목소리도 울렸다.

죽음 앞에서는 그 어떤 것도 수용하게 되는 것일까.

나 역시 그녀를 애틋한 시선으로 바라보았다.

"다음에는……. 나 친구 안 해. 애인할 거야."

울어야 할지 웃어야 할지 이 순간까지도 나를 향한 마음을 감추지 못하는 예린이였다.

그녀에게 미안하고 고마웠다.

살벌한 분위기는 예린과 혁찬의 깡에 흐려지는 듯했다.

'……'

아무리 머리를 굴려도 틈이 보이지 않았다.

한국 강화도 사건 때와는 상황이 달랐다.

인질 때문에 꼼짝할 수가 없었다.

'이런 곳에서는… 도움을 청할 수도 없다…….'

건물들 뒤쪽에 위치해 있어 비룡루 입구를 통하지 않고는 공터로 들어오는 게 불가능한 구조였다.

사방을 감싸고 있는 건물들 뒤쪽 벽면은 그 흔한 창문 하나 나 있지 않았다.

이미 건축 당시부터 공터의 목적은 정해져 있었던 것으로 보였다.

그러고 보니 한쪽에 대형 하수구로 보이는 홀도 보였다.

군데군데 드럼통도 여러 개가 굴러다녔다.

'…스승님이라도 있었다면…….'

치사했지만 어쩔 수 없었다.

상황이 이렇게 되고 보니 가장 아쉬운 사람이 양 도사였다.

대한민국 땅덩어리 범위 안에만 있었어도 이렇게 다급한 심정이 되지는 않았을 것이다.

3년 전 위기 상황 때 허공을 성큼성큼 걸어 이동하던 양 도사.

고립된 공간임을 감안할 때 가장 필요하고 적합한 기술이었다.

'상제시여!'

나는 하늘을 우러러 옥황상제를 염했다.

꼭 먹고 살 만한 순간에 초를 치는 옥황상제 이하 신들의 음모라고밖에 생각할 수 없었다.

인간의 힘으로는 어찌할 수 없는 운명의 베틀이 꼬인 것이다.

'스승님!!! 이 제자의 절박한 목소리가 들리지 않습니까!'

동아줄이라도 잡는 심정으로 나는 시간을 끌었다.

그러다 보면 다른 수가 떠오를 수도 있는 일.

앞에 서 있는 장료라는 자가 두렵지는 않았다.

총을 들고 있는 자들만 없었어도 한판 시원하게 몰아쳐 줄 수 있었다.

왜 이 때 날강도나 다름없었던 양 도사만이 머릿속에 떠오르는지 내 자신이 한심했다.

그러나 어쩌겠는가.

스승의 품이 뼈저리게 그리워지는 것을.

'반떵이다.'

"…!!!"

그때 갑자기 고막을 때리며 울린 한마디.

꽤나 익숙한 음성이었다.

'싫으냐?'

나는 고개를 번쩍 들어 사방을 훑었다.

환청이라고 하기에는 너무나 선명한 양 도사의 목소리였다.

눈치를 보아하니 다른 이들은 이 음성을 듣지 못한 것 같았다.

"스, 스승님?"

나는 홀린 듯 허공을 향해 이 한마디를 내뱉었다.

'입 아프게 왜 불러. 예스냐 노냐, 간단하게 답하거라.'

'으아! 지, 진짜 그분이 오셨다!'

제4장
그럼 죽어

"서둘러라. 빨리 빨리 움직여. 신호가 가면 다 갈겨버려!"

"존명!"

요리점 비룡루 내에 자리를 차지하고 있던 몇몇 인물들이 우르르 빠져나갔다.

그리고 비룡루 뒤쪽 뜰이 내려다보이는 건물의 옥상 쪽으로 빠르게 걸음을 옮겼다.

타다다다다닷.

바람 같은 움직임.

홍콩을 중심으로 세계 곳곳에서 활동을 하고 있는 살인 청부업체 비월의 특급 살수들이다.

동종 업계에서도 가장 냉혈안적인 성향을 갖고 있는 자들이었다.

태어나면서부터 잔혹한 심장을 가진 듯 거침이 없었다.

손해가 이만저만이 아니다.

큰 액수가 걸린 작업도 아니었고 간단하게 처리할 수 있었음에도 실패했다.

그 대가로 3년을 썩히고 청부업자로서도 불명예를 얻었다.

액수가 문제가 아니었다.

문제는 다른 곳에서 터졌다.

타깃을 막 처리하려고 했던 순간 다른 조직이 먹이를 채갔다.

웬만해서는 다른 조직들과 얽히는 것을 피했고 이들 또한 한 번 건들면 해결하는데 꽤 곤란을 겪는다는 화교 쪽 인물이었지만 그냥 보낼 수 없었다.

이번 작업은 비월의 월주가 직접 내린 명령이다.

무슨 일이 있어도 반드시 조직원들의 손으로 직접 처리하라 주문했다.

그 어떤 대가가 따르더라도 지켜져야 할 내용이다.

덜컹.

10층 건물의 낡은 옥상문이 열렸다.

쉬이이이이이이잇.

퍼어어어어어엉!

1시간 동안 계속 이어진다는 차이나타운의 하지 축제.

바로 지척에서 쏘아 올린 폭죽들이 캄캄한 하늘로 치솟았고 팡팡 터지며 오색 불꽃을 피웠다.

이런 날은 하늘이 주는 몇 번 안 되는 기회였다.

총기를 쓰는 데도 안성맞춤.

총기 업자를 제거하고 손에 넣은 기관단총을 품에서 꺼냈다.

건물 아래쪽으로 보이는 공터에 모인 자들을 모두 작살낼 생각이다.

독룡아함보다 더 지독한 수류탄 수준의 독침 덩어리인 독룡파황까지 손에 쥐었다.

이는 비월의 비장의 무기다.

몇 개만 사용해서도 방원 10여 미터 안을 모두 독침 수천발로 뒤덮을 수 있다.

"누, 누구냐!"

막 옥상문을 열고 타깃을 제거하기 위해 분주히 움직이던 비월 조직원들 눈에 들어온 한 여인.

"어머~ 나만 온 게 아니었네."

부드러운 일본어가 흘러나왔다.

휘리리릭.

뒤로 질끈 묶은 머리가 제법 강하게 불어온 바람에 날렸다.

촤아아앗.

그러면서 깊게 눌러쓴 모자가 가볍게 날아가 버렸다.

붉은색 악기 가방을 손에 든 여인은 미요코였다.

"누구냐!"

비월 살수 중 한 사람이 물었다.

"일본어를 꽤 잘 하네~ 비월 살수들 어학에 재능 없다는 소린 거짓말이었나 봐~ 호호호."

흠칫.

이미 미요코는 이들의 신분을 알고 있었다.

반면 비월 살수들은 여인의 정체를 알지 못한 채 자신들의 신원이 밝혀진 것에 놀랐다.

"제거한다……."

파바바밧.

미요코의 정체 따위는 상관없다는 듯 살기를 잔뜩 피워 올리는 비월의 살수들.

"천천히 해. 아직 시간 많아. 그리고 웬만하면 그 냄새 좀 없애면 안 돼? 아마추어들은 모르겠지만 나 같은 프로에게는 단박에 티가 난다구."

놀랍게도 비월 살수들에게서는 묘한 체취가 느껴졌다.

이는 비월의 보약에 들어 있는 것으로 천구애향이라는 약초를 내공 수련 시 장복하다 보니 몸에 밴 것이다.

보통은 사과향수처럼 느껴지지만 비월의 정체에 관해 알고 있는 프로 살수들은 이미 알고 있는 냄새였다.

그제야 비월 살수는 눈앞의 여인이 누구인지 눈치챘다.

"일월문……."

일본에 남아 있는 프로 살수들의 단체 중에 비월을 건들자는 단 한 곳.

"와우! 어떻게 알았어? 냄새나?"

미요코는 킁킁거리며 자신의 팔을 들어 올려 냄새를 맡았다.

"조용히 처리해라."

아직은 총소리를 내기에는 빨랐다.

발각될 우려가 있어 자중하고 있었다.

폭죽이 연속으로 터지고 요란한 악기 소리가 주위를 진동시켰지만 예민한 자들은 금세 파악해 낼 수 있는 소음이 총소리였다.

비월 살수들의 조장으로 보이는 자가 명을 내렸다.

차자작.

세 명의 살수가 품에서 약 50센티 정도 되는 비수를 꺼내들고 미요코를 노렸다.

일월문의 닌자들은 독하기로 소문이 자자했다.

그런 사실을 모를 리 없는 비월 살수들은 처음부터 합공을 폈다.

"성격들도 급하시기는~ 나도 연장 좀 꺼낼 시간은 줘야지!"

딸깍.

미요코는 총을 들고 있는 비월의 살수들 앞에서도 태연하게 행동했다.

붉은색의 악기 가방을 열어 길쭉한 물건을 꺼내 들었다.

스르룽.

가방 속에서 나온 것은 정교한 검 두 자루.

장검도 단검도 아닌 특이한 형태의 검병에는 해와 달이 새겨져 있었다.

"일월쌍검!"

비월의 살수 조장도 이 바닥에서 수십 년째 굴러먹고 있는 자로 일월쌍검이 어떤 물건인지 잘 알고 있었다.

일월문을 대신할 정도의 이름이자 명예 그 자체로 불리는 보검.

"알아보네? 그럼 알겠네. 이걸 뽑으면……. 반드시 피를 봐야 한다는 것도."

"우, 우리 하고 무슨 원한이 있는 것이냐!"

동종 업계에서는 암암리에 넘지 못할 벽으로 치부하고 있었던 일본의 일월문.

은밀하고 집요한 수법은 비월의 살수들도 꺼리고 두려워했다.

처엉!

두 손에 검을 들고 10여 명의 비월 살수들 앞에서 미소를 띠는 미요코.

"건방진!"

비월의 살수 조장은 자존심이 상했다.

어차피 길고 짧은 것은 대봐야 아는 법.

오늘은 총기까지 들고 온 마당이었다.

여차하면 갈기고 빠지면 된다.

날고뛰는 고수라 해도 총 앞에서는 주춤하게 돼 있고 금강
불괴가 아니고서는 피를 보는 수밖에 없었다.

"이 오빠들, 말이 많으시네~ 시간 없으니까 빨리 끝내~"

한쪽 눈을 찡끗 감았다 뜨며 요염한 눈웃음을 흘리는 미요
코.

"죽엿!"

터엉!

조장의 명이 떨어지자 독이 발린 비수를 들고 공간을 압축
해 들어가는 비월의 살수들.

좌우 중앙을 삼등분해 정확하고 빠르게 비수를 찌르고 들어
갔다.

지금껏 수없이 연습해 왔던 합공.

마치 화려한 무공을 선보이는 퍼포먼스를 보는 듯했다.

퍼어어어어엉!

파앗.

눈부시게 터지는 폭죽에 빛을 발하는 비수들의 날선 독기.

"호호호 호호호호호."

순간 미요코는 자지러진 웃음을 터뜨렸다.

팟!

그리고 순식간에 모습을 감춘 미요코.

"발사해! 갈겨!"

비월의 살수 조장은 불길함을 예상하고 재빨리 외쳤다.

쉬이이이잇.

퍼어어엉! 퍼버버버버벙.

이때를 기다렸다는 듯 터지는 불꽃들의 향연.

다다다다다다.

타다다다다다다당.

비월의 살수들은 미요코의 흔적을 따라 방아쇠를 당겼다.

아닌 게 아니라 동료들의 등에 대고 방아쇠를 당기는 것도 서슴지 않는 비월의 살수들.

순식간에 사라져 버린 미요코가 보이지 않았다.

휘이잉.

1년 중 해가 가장 긴 하루였던 오늘.

하늘에 휘영청 떠오른 달이 살수들이 든 무기 끝에서 빛을 발하고 있었다.

퍼어어어엉!

타다다다다당.

'이 밤, 참으로 요란스럽구나.'

머리 위에서 한 대 얻어터진 듯한 충격파의 연속.

마치 머릿속에서 종소리가 울리는 듯했다.

그냥 한 번 내질러 본 얼토당토 않는 소원.

하늘은 무심치 않았지만 심장은 쿵 하고 내려앉는 듯했다.

머리 위에서는 연이어 불꽃이 터졌고 앞쪽 건물 옥상에서는 요상한 소음이 들려왔다.

'싫으면 나 가랴~'

도대체 귀로 듣고도 믿을 수 없는 이 순간.

분명 설악산에서 나를 대신해 직접 뱀술을 담그고 있어야 할 노인네의 목소리가 미국 하늘에서 울리고 있었다.

일전에 양 도사 말에 천리지청술이라는 고도의 음성 전달 수법이 있다 하더니 혹 그것이 아닌가 싶었다.

대한민국 설악산 골짜기에서 샌프란시스코까지 닿을 정도 라면 양 도사는 만리지청술 정도는 깨달은 모양이었다.

그렇지 않고서야 이렇게 생생하게 귓속을 울릴 수는 없었 다.

"스승님! 너무 많아요!"

양 도사가 말한 반땅이 무엇을 의미하는지 잘 알고 있었다.

과거에도 내 수입의 상당 부분을 수업료 명분으로 가져갔던 분이다.

손도 안 대고 코를 풀고 휴지로 마무리 짓는 수준이다.

지금 수준에 나의 수입의 반절을 계산하게 되면 일 년에 못 해도 수백억에 달한다.

설악산에 머물며 북경루에서 아르바이트하던 시절과는 차 원이 달랐다.

'그럼… 조기 저세상 가야지.'

컥.

기대가 너무 컸던 것일까.

스승이란 자 입에서 고작 나온다는 말이 죽으라니.

'흐윽, 어떻게 제자한테 저런 말을……!'

여기까지 와서 나도 할 말은 따로 없었다.

그렇다고 양 도사가 저렇게 냉정하게 나올 줄은 몰랐다.

"스승님!!!"

나는 모든 것을 내려놓는 심정으로 심장을 쥐어짜며 고귀한(?) 스승님을 불렀다.

'왜~'

'상제시여! 왜 또 저에게 이런 시련을 주시나이까!'

이 상황을 양 도사가 다 만들었다고 해도 믿을 판이었다.

그렇지 않고서야 어떻게 미국까지 따라와 이 시간 이 순간에 저렇게 나를 협박할 수 있단 말인가.

"미친놈이군."

허공에 대고 그야말로 생쇼를 하고 있는 나의 얼빠진 모습을 지켜보던 당유방이 내뱉은 말이다.

죽기 전에 보이는 발악 같은 것으로 해석한 모양이다.

'선택의 여지가 없다. 에휴…… 내 인생이 그러면 그렇지.'

죽 쒀서 개를 줘도 이보다는 덜 억울할 것이다.

6년 세월도 모자라 앞으로 남은 인생에도 빨대 꽂고 살려고 작심을 한 듯한 양 도사.

불로소득의 달달한 맛에 중독이 되어 나의 청춘에 업혀 살려들고 있었다.

'도대체 나에게 무슨 원한이 있단 말인가.'

아무리 머리를 굴려 봐도 이 정도로 내 인생이 꼬일 수가 없었다.

전생에 무슨 원한을 사지 않고서는 말이다.

하나 지금은 일단 목숨을 부지하는 것이 최우선.

"그렇게 하겠습니다!"

더 시간을 끌어봐야 답도 없었다.

'흐흐. 생각 잘했다.'

"그럼 이제 저는 가만히 있어도 됩니까?"

'물론이지. 어서 한 번 시원하게 뛰어 보거라.'

오늘같이 휘영청 달 밝은 밤이면 자주 체조를 했던 나.

그것을 즐겨보았던 양 도사가 달빛 아래 무공수련을 시켰던 때를 다시 한 번 떠올리게 했다.

하루 종일 산을 헤매며 약초를 캐고 돌아온 나에게 밥까지 차리게 하고 늦은 저녁 무공수련을 시켰다.

만신 무당 굿판이 따로 없었다.

순전히 양 도사가 밤에 심심하다고 심심풀이 땅콩용으로 밤마다 주먹 쥐고 뛰게 했다.

특히 좋아하던 드라마가 결방이라도 하는 날이면 잠이 밀려올 때까지 나를 굴렸다.

'으으으.'

잊혀 가던 악몽이 다시 현실이 되는 순간이었다.

대한민국을 떠나올 때 모두 다 내려놓고 활활 불태우고 싶었던 지난 기억들.

다시 내 인생을 향해 강림하고 있었다.

'너희들… 다 죽었어!'

다행인 건 더 이상 친구들의 안위를 걱정할 필요는 없어졌다는 것이다.

그러나 사방을 아무리 샅샅이 훑어보아도 양 도사는 보이지 않았다.

놈들 역시 인기척을 느끼지 못하고 있는 듯했지만 분명 가까운 곳에 계시는 게 분명했다.

하늘을 성큼성큼 걷던 양 도사에게 저깟 총 몇 자루는 아무 위협이 되지 않았다.

우두둑.

두 손을 깍지 낀 채 마찰음을 냈다.

"어이~ 형님들~"

씨익.

든든한 백(?)의 등장에 금세 나의 목소리에서 여유가 느껴졌다.

그리고 입가에 제대로 숙성된 썩은 미소가 번졌다.

자기 앞마당인지 옆집 마당인지도 구분 못하고 짖어대는 개놈들 때문에 나의 미래가 저당 잡히고 말았다.

날 잡은 김에 오늘 몸으로 제대로 때워야 그 한이 풀릴까 말까 했다.

다시는 내 주변에 얼씬도 하지 못하도록 작신 밟아 놓을 판이다.

"미친놈······."

당유방의 눈에 강민은 정신 얼빠진 놈처럼 보였다.

죽음을 앞에 두고 친구들과 그럴싸한 작별 인사를 나누던 놈이 막판에 정신줄을 놓아 버린 듯했다.

허공을 향해 고개를 꺾고 스승을 부르며 어쩌고저쩌고 하며 중얼거렸다.

그게 끝이 아니었다.

두 주먹을 불끈 쥐며 앞으로 나섰다.

이 모든 정황을 지켜보고 있던 당유방은 어이가 없었다.

오늘 날까지 용씨 가문의 책사로서 수백 번에 걸친 살인 명령을 내려왔다.

호전적이며 피를 두려워하지 않는 용씨 가문.

과거 왕씨 가문을 몰아낼 때도 피바람을 일으켰다.

무수한 살인을 직접 지휘해 왔지만 오늘같이 정신 얼빠진 자를 대하는 것은 처음이었다.

귀신에 홀린 듯 허공에 대고 중얼거린다든지 인상을 쓰는가 하면 맥이 풀리기도 했다.

애원하는 듯하다가 두 주먹을 불끈 쥐기도 했다.

언뜻언뜻 두 눈에서는 독기가 뿜어져 나왔다.

그것은 분명 자신들을 향한 독기가 아니었다는 게 이상하게 여겨졌다.

총알 한 방이면 이승과 저승을 오갈 자가 뚫린 입이라고 혼자 용씨 가문을 어떻게 요리해 볼 것처럼 굴었다.

"화기가 뇌에 침투한 것이 아닌가 싶군. 쯧쯧."

용씨 가문을 수호하는 일을 맡고 있는 장씨 가문.

치밀한 계략에 의해 포섭된 이들은 장비의 후손들이었다.

장비가 후대에 남겼다는 장호십삼권을 대성한 원로인 장료가 그런 얼빠진 녀석의 모습을 보며 혀를 찼다.

아들인 장량을 보기 좋게 묵사발을 만들어 놓았던 자와 손을 겨뤄보고자 했던 무인 장료.

제정신이 아닌 자에게 손을 쓰는 것은 불명예스러운 일이었다.

그것은 무인의 자질에서 벗어난 행동.

"본래 나는 태어날 때부터 노인들 공경하기를 하늘같이 했던 사람인데… 인간이 덜 된 자들에게는 이상하게 본능적으로 주먹이 먼저 뻗치니 이해들 하십시오~"

시정잡배와도 같은 말을 중얼거리는 강민.

장료를 겨냥하고 도발을 한 것이다.

"…원한다면… 편안히 눈감을 수 있게는 해줌세."

그나마 장료가 정신줄 놓은 젊은이에게 베풀 수 있는 아량은 죽음으로 얻을 수 있는 편안함뿐이었다.

용 대인의 성품으로 보아 분명 목숨이 붙어 있는 한 생가죽을 벗겨 왕소금을 뿌리지 않으란 법이 없었다.

거기에 친구들까지 험한 꼴을 당하는 것은 수순.

얼굴 반반한 젊은 처녀들을 용 대인이 가만히 둘 리 만무했다.

거친 사내들이 우글거리는 우리에 던져 넣어봐야 좋은 꼴을 볼 리 없다.

용씨 가문의 더러운 곳을 대신 닦고 다녔지만 무인으로서의 정신까지 팔아먹은 것은 아니었다.

장료는 많은 생각 끝에 강민에게 약속한 것이다.

또 놈을 처리하는 순간 용씨 가문과의 약조는 끝이 난다.

용씨 가문의 하수인 노릇을 한다고 해서 정신까지 노예는 아니었다.

최소한의 인간으로서의 도리는 지키며 살고 있었고 마지막까지 그것은 지킬 것이다.

살기 위해 용 대인의 말을 듣고 있지만 누가 봐도 이번 사건은 용씨 가문이 저지른 만행이었다.

"후후, 그래요? 그런 인심까지는 필요 없는데 말입니다. 내 도둑맞은 미래 반절에 대한 이자를 계산해야 하는데… 그 값으로 내가 당신들을 편안하게 모셔주는 걸로 계산 퉁칩시다."

앞뒤 정황이 전혀 맞지 않는 말을 내뱉는 강민.

지금 사태를 정확하게 접수하지 못하고 있는 것으로 보였다.

하지만 한 가지, 그의 두 눈에 분노가 서렸다는 것만은 장료도 알 수 있었다.

죽이겠다고 위협할 때보다 더 분노하고 있는 강민의 모습.

그 이유를 알 수 없었지만 이미 주사위는 던져진 셈이다.

"형님, 제가 처리하겠습니다."

장씨 가문의 원로이자 장료의 바로 아래 동생인 장광이 앞으로 나섰다.

장료의 경지에는 미치지 못했지만 장호십삼권이 일정 경지에 올라 있었다.

그간 쌓아놓은 내기도 40년 이상 되었다.

"그리 하라."

"감사합니다."

장광의 재주를 익히 알고 있는 장료는 흔쾌히 승낙하였다.

아들 장량과는 차원이 다른 고수였다.

"한꺼번에 오는 게 어떻습니까. 생각해서 하는 말인데…….

그래야 좀 견뎌낼 수 있을 텐데. 뭐, 선택은 존중해 주겠소."

강민의 목소리에서는 전혀 두려움 같은 게 느껴지지 않았다.

"손도 입처럼 매운지 지켜보마."

인질로 잡은 여인들도 죽음을 두려워하지 않자 힘이 절로 솟은 듯했다.

보다 못하고 장광이 나섰다.

유전적 특성 때문에 장광 역시 체격이 굵고 얼굴형이 사각형으로 힘이 남달라 보였다.

눈은 황소처럼 컸고 안광은 부리부리했다.

처럭.

강민과의 거리는 약 15미터.

대련할 때 입는 편안한 화복의 바지 자락을 한쪽으로 쓸어넘기며 자세를 잡았다.

반쯤 편 왼쪽 손바닥을 가슴 앞으로 내밀고 오른쪽 손은 옆구리에 척 붙였다.

파라라랏.

내기를 끌어올리자 옷자락이 파르르 떨렸다.

바위도 그 자리에서 부서버릴 만큼 강력한 일권이 일품인 장호십삼권.

사실 장비는 세모창의 장팔사모보다 적수공권으로 적병을 때려잡는 데 일가견이 있었던 장수였다.

단단한 멧돼지 대가리를 맨손으로 단박에 깨부쉈던 장비.

그의 후손이라 다를 게 없었다.

"그럼 시작합시다~"

무슨 게임에라도 임하는 듯 강민이 시작을 알렸다.

처럭.

왼쪽 주먹을 앞으로 쭈욱 내밀었다.

"탓!

짧게 내뱉는 기합성.

동시에 강민의 몸이 번개처럼 튀어나왔다.

"하압!"

지체하지 않고 강민과 마주해 장광도 달려 나갔다.

강민의 공격을 단숨에 막아내고 그의 허리뼈를 부러뜨려 버릴 기세로 양손 가득 기를 담았다.

휘잇.

순식간에 좁혀 들어가는 거리.

쇄애애애애애애앳.

왼손을 거둬들이며 오른손을 있는 힘껏 뻗는 장광의 주먹을 겨냥해 강민도 오른쪽 손을 뻗었다.

고수들에게서나 제대로 볼 수 있는 전광석화와 같은 출수였다.

장료를 비롯해 용씨 가문의 무사들은 장광과 강민의 결투신에 온 신경을 집중하고 있었다.

뻐어어어억!

"크아아아아아아악!"

"헛!"

"허억!"

"…!!!"

처절한 비명 소리가 터져 나왔다.

지켜보던 장씨 가문 원로들의 눈을 부릅떠졌고 단말마 비명을 토했다.

덜렁덜렁.

분명 장광의 주먹이 으스러지고 팔목 중간쯤이 무너져 내려 덜렁거렸다.

장광의 일격은 바위도 부숴뜨릴 정도의 기로 가득 차 있었다.

원로들은 일수에 박살이 나 버린 장광의 처절한 모습을 눈으로 보고도 믿을 수 없었다.

단 한 번의 격돌에 중상을 입은 장광.

쿠웅!

"커어… 억."

시멘트 바닥에 그대로 무릎을 떨어뜨리며 비명을 토하는 장광.

"연세를 생각하셔야죠. 칼슘 섭취도 좀 하시고. 하하하."

시원한 웃음을 터뜨리는 강민.

"네 이노오오옴!"

터엉!

장료는 장광의 무너지는 모습에 노호성을 내지르며 자리를 박차고 나왔다.

쇄애앳.

두 주먹을 불끈 쥔 장료.

휘리리리리링.

강경한 권경이 웃음을 띠고 있는 강민을 향해 벼락처럼 쏟아져 들어갔다.

"나 오늘 기분 아주 안 좋습니다. 말 가려서 합시다!!"

퐛!

강민에게서는 여전히 주저하거나 두려워하는 기색은 엿보이지 않았다.

퍼러러럭.

그리고 그의 손에서 무시무시한 예경을 품은 권풍이 성난 사자처럼 내질러졌다.

제5장
이제 안녕

철픽.

"크ㅇㅇㅇㅇ."

"커억⋯⋯."

건물 10층 옥상에서 벌어지는 한바탕의 활극.

비월의 살수들 모두가 무릎을 꿇고 시멘트 바닥을 뒹굴었
다.

비명을 지를 수조차 없었다.

총질을 해댔지만 달빛 속으로 홀연히 사라져 버린 일월문의
닌자 미요코를 다시 볼 수는 없었다.

보통 사람들의 동체 시력으로는 그녀의 뒤를 쫓을 수 없었
다.

그만큼 쾌속한 동작과 기묘한 몸짓으로 미요코는 달빛 아래 비월의 전문 살수들을 베어 넘겼다.

목을 쳐내지는 않았다.

신체 어느 부분도 절단시키지는 않았다.

다만 팔과 다리 쪽의 중요한 근육들을 손상시켰을 뿐이다.

회생 불가능할 정도의 깔끔한 손질.

섬세한 근육의 결을 끊어놓았기 때문에 아무리 완벽하게 치료를 했다 해도 손상 전처럼 사용할 수는 없었다.

살수로서는 자격 박탈이었다.

비월의 살수들은 이제 살아도 산 게 아니었다.

"달빛 아래 몸을 숨길 수도 없는 주제에 비월은 좀 그렇잖아? 당당하게 세상을 좀 살아봐. 동종 업계 종사자로서 주는 기회야."

처절한 광경 앞에서 미요코는 동료로서 주는 따끔한 훈계를 던졌다.

또로록.

쌍검을 타고 흐르던 몇 방울의 피가 바닥에 떨어져 흘렀다.

지금까지 수많은 목숨의 피를 묻혔던 일월쌍검.

검신에 피가 스며드는 일은 없었다.

사람의 피를 흘려보내지 못하고 흡수하는 검은 보검이 아니라 혈검이었다.

살수들에게 있어서 혈검은 상극이었다.

들고 있는 것만으로 살기가 발동되는 혈검은 미치광이들이

나 쓰는 물건이었다.

은밀하고 조용함을 장기로 삼는 실수들은 대부분 심오한 정통심법을 수련했다.

살인지도의 도를 닦기 위해서 말이다.

"월주께서… 널 용서치 않을 것이다!"

이번 비월의 살행에 있어 조장을 맡은 자가 발목 인대 근육이 나간 채 쓰러져 지걸였다.

작은 키에 평범한 얼굴을 빛을 했지만 눈빛만은 강렬했다.

더 이상 살수 업을 이어갈 수 없게 됐음에도 의지를 굽히지 않았다.

"알고 있어. 비월은 수백 년 동안이나 그 말을 뱉어 왔으니까."

"……."

"오늘은 너희가 목적이 아니었어. 그래서 살려두는 거야. 가서 월주에게 전해. 저 아래, 강민은 일월문의 것이라고."

살행의 타깃이 겹쳤을 뿐이었다.

이 순간으로 깔끔하게 정리됐다.

총으로 무장했지만 안 되는 실력이 더 나은 결과를 가져올 수는 없었다.

오랜 과거부터 지금 이 순간까지 비월은 그렇게 일월문에게 밀리며 끌려왔었다.

"자, 이제 꺼져! 이 몸이 좀 바쁘거든~"

아래쪽 상황이 썩 좋지 않았다.

'진짜 운 좋네.'

목적은 타깃을 제거하는 살행이었지만 막상 보디가드 역할을 맡고 있었다.

어차피 미요코의 손에 베어 넘겨질 강민이었지만 그전에 다른 자들의 손을 타는 것은 막아야 했다.

누가 봐도 웃기는 판.

강민을 두고 침 흘리는 것을 용납할 수 없었다.

미요코는 진지했다.

일월쌍검은 정확하게 강민의 피를 원하고 있었다.

"두고 보자……."

절뚝절뚝.

끝까지 자존심은 있어서 미요코를 향해 한마디 내뱉는 비월의 살수들.

그러나 앞으로 볼일은 없어 보였다.

철철 피를 흘리며 서로를 부축한 채 기어가다시피 미요코의 눈앞을 지나가는 자들.

목숨을 부지할 수 없는 자리에서 목숨이 붙어나가는 것 자체가 운 좋은 날이었다.

지금까지 단 한 번도 사람의 목숨을 직접 취해본 적이 없는 미요코.

"하아."

눈앞에서 비월의 살수들이 사라지자 한숨을 내쉬었다.

피를 보는 일은 흔했지만 직접 목숨을 취할 정도의 일은 벌이지 않았다.

십이매방관을 돌파했다지만 첫 번째 살행도 완성하지 못한 상태.

진정한 가문의 닌자로 인정받기 위해서라도 강민의 목이 절실하게 필요했다.

수많은 목숨을 거둬들였다 해도 그것은 진정한 살행이 될 수 없었다.

쉬리리리리리리릿.

파바바바바바바바방.

그 사이에도 쉬지 않고 터지는 폭죽들.

둥둥둥둥둥둥!

삐리리리 삐리리리리~

북소리, 피리 소리와 어울리며 밤거리를 뜨겁게 달궜다.

건물 10층 옥상에서 내려다보는 차이나타운 거리의 흥겨운 축제 분위기.

같은 시간 한 공간에 있었지만 전혀 다른 세상을 살고 있는 듯했다.

"아름다워……."

앞만 보고 달려왔지만 미요코 역시 아직은 스무 살의 꽃띠 처녀.

그녀 내면에 숨 쉬는 감성까지 죽이지는 못했다.

아니 차라리 꾹꾹 눌러왔기에 이런 예기치 않은 상황과 맞닥뜨리면 슬쩍 고개를 들었다.

가끔씩 온몸을 휘감고 미요코를 잡아 흔드는 일탈의 자유.

가문 대대의 업으로 내려오는 닌자의 일을 벗어 던지고 싶을 때도 있었다.

"아가야……."

"…!!!"

그때 등 뒤로부터 들려온 조용하고 고풍스러운 발음의 일본어 한마디.

'고, 고수다!'

기척을 잡을 만도 한 거리였음에도 전혀 느끼지 못했다.

졸지에 심장이 쪼는 듯한 공포에 사로잡혔다.

사방이 탁 트인 공간에서 아무런 기척 없이 미요코 지척까지 다가올 수 없었다.

허공에서 갑자기 나타난 게 아니라면 말이다.

'서, 설마!'

사라락.

쌍검을 바로잡으며 황급히 몸을 돌렸다.

"아!"

그 순간 두 눈에 들어온 것은 귀신이다.

아니 허공에 떠 있는 사람이었다.

미요코의 머리 위 2미터 가량의 높은 위치에 뒷짐을 지고 서 있는 화복 차림의 백발노인.

'비, 비월의 고수란 말인가!'

회백색의 평범한 화복 차림이 비월의 고수라는 것을 짐작하게 했다.

과거 가문의 전설로만 전해지는 극강의 고수들만이 펼칠 수 있는 허공답보.

더 이상 그 어떤 가문에서도 볼 수 없었던 무공이 눈앞에 일어나고 있었다.

그것도 어느 한 곳으로 힘이 쏠리거나 무리하는 게 보이지 않는 편안한 허공에서의 걸음.

노인의 인자한 표정은 설사 선계를 드나든다는 신선과도 같았다.

"누, 누구십니까……."

미요코를 휩쓴 두려움은 절로 공손한 말투에서 나왔다.

쌍검을 들고 달려든다는 것 자체가 말이 안 되는 상황.

허공답보의 경지에 올라 있는 무인이라면 손가락 하나 까닥해서 미요코의 몸을 결박할 수도 있었다.

"소우타와 어찌 되느냐?"

'증조 할아버지 함자다!'

허공에 서서 미요코를 내려다보던 백발노인이 미요코의 할아버지 되시는 분의 이름을 입에 올렸다.

"즈, 증조부 되십니다."

"어째 닮았다 싶었다."

"증조부를 아십니까?"

가문 어른들 중에서도 장수한 편에 드는 증조부.

미요코는 적잖이 놀라고 있었다.

일제시대 조선의 고수를 찾아 떠났다가 패하고 돌아온 후 절치부심 노력해 일월문을 더욱 빛나게 했던 절정 고수였다.

세상을 떠난 지 벌써 40여 년이 넘었다.

"인연이 있었다. 나와 검을 나누었었다."

"네에? 검을요?!"

미요코는 귀를 의심했다.

믿을 수 없는 말이었다.

증조부가 활발하게 활동하던 시대는 지금으로부터 8, 90년 전.

백발노인의 모습이었지만 허공에 떠있는 무인의 피부는 탱탱하고 눈빛은 젊은이와 다를 게 없었다.

얼추 계산을 해도 100세를 전후해야 앞뒤가 맞는 말이었다.

"아가야."

노인은 미요코를 손녀 부르듯 다정하고 인자한 목소리로 불렀다.

"네……."

공손하게 고개를 숙이며 대답을 기다리는 미요코.

이미 증조부와 검을 나누었었다는 사실 하나만으로도 경외감은 차고 넘쳤다.

거짓이 아니라면 인간 이전에 반선의 인물이나 다름없었다.

"가서 문주에게 전하거라. 천살성은 이제 빛을 잃었나니 천리에 어긋난 행위는 하늘의 심판을 받게 되느니라. 그것이 이치이니 인간의 도를 찾아 그만 가문의 업을 끊으라 하라."

쿵!

미요코는 갑자기 심장이 떨어져 내려앉는 듯한 충격에 휩싸였다.

모든 정황을 하나로 꿰고 내뱉는 노인의 말이었다.

"그리고 아가야, 너는 살수의 운명을 타고난 이가 아니다. 이제 네 원하는 너의 길을 가거라……. 그것은 다시 네가 하늘로부터 얻는 진정한 네 인생이니 행복이 그 길 위에 있을 것이다."

입가에 자비로운 미소를 짓고 선몽하는 듯 조용한 음성으로 말을 이었다.

또로로록.

알 수 없는 감정의 소용돌이가 미요코의 가슴속에서 일어났다.

단지 살수의 길이 운명적으로 걸어야 하는 길이 아니라는 말을 들어서는 아니었다.

행복한 삶을 살 수 있는 기회가 아직 자신에게 남아 있다는 것이 믿을 수 없었다.

가문의 그 어떤 어른도 미요코에게 이런 진심 어린 말을 해준 사람이 없었다.

한결같이 엄하고 차가운 모습으로 미요코를 지도해 온 아버지.

그런 엄한 아버지 뒤에서 늘 미요코를 달래고 격려하다 짧은 생을 살다간 어머니.

끊임없는 질책과 기대로 미요코를 골방 같은 살수의 운명
안으로 밀어 넣은 가문의 가신들까지.

무수한 사람들 중 그 어떤 이도 미요코만을 위한 삶을 살라
고 말해준 사람은 없었던 시간들이었다.

가문이 정한 길을 따라 운명의 바퀴를 돌리며 완성해 가야
할 처지였던 닌자 미요코.

백발노인은 미요코를 한 인간으로 보고 있었다.

온전하게 사람의 감정을 갖고 살아야 하는 어린 여인으로
말이다.

미요코의 꽉 막혔던 가슴은 뻥 뚫린 듯 시원해지는 것 같았
다.

"자, 이걸 받거라. 이걸 전해주면… 문주도 다른 말은 안 할
것이다."

두둥.

말과 동시에 노인의 화복 소맷자락에서 미끄러지듯 빠져나
오는 물건 하나.

눈에 보이지 않는 손이 그것을 들어 전해주는 듯 천천히 공
간을 가로질러 미요코의 눈앞에 이르렀다.

"일월천패!"

역사 속에 묻혀 사라졌던 가문의 신패였다.

전해지는 말로 증조부가 조선의 고수에게 패하고 빼앗겼다
던 일월문의 신위다.

신패를 쥔 자의 명에 무조건 복종해야 한다는 최고의 문중

지보인 것이다.

이제는 가문에서도 그 진위여부가 불투명해진 신패였다.

잊혀져 가던 신패의 위엄이 이름도 모르는 노인의 손에 의해 다시 살아난 셈이다.

태양과 달을 상징하는 붉은 보석과 푸른 보속이 양쪽 면에 박혀 있는 손바닥만 한 둥근 모양의 일월천패.

미요코는 멍한 시선으로 허공에 뜬 물건을 한참 바라보았다.

"지금의 일월문이 이것을 어떻게 처리할지 모르겠으나 네 중조부가 말했다. 이 신패로 원한다면 일월문도 얻을 수 있다고 말이다."

두근두근.

미요코의 심장이 거칠게 뛰기 시작했다.

일월천패에는 그야말로 무조건적으로 따라야 하는 절대권위가 담겨 있었다.

"며, 명을 내려 주시옵소서!"

철퍽.

시멘트 바닥에 무릎을 찍으며 고개를 떨구는 미요코.

파르르 온몸에 긴장감이 돌며 떨려왔다.

활복의 명이 떨어진다 해도 기꺼이 받아들여야 하는 상황이다.

아무리 그 진가가 희미해졌다 하더라도 가문 대대로 내려오는 권위를 거스를 수는 없었다.

"무슨 명을 말이냐. 가서 내가 한 말을 전하거라. 그리하면 되느니라."

"하이!"

더 이상의 말이 필요하지 않았다.

"그리고 이 말도 전해야겠구나. 만일 이번에도 업을 청산치 못하면… 내 친히 나서서 그 업을 정리하겠노라 전하거라."

"……."

아랫배 쪽에서 묵직한 중압감이 심장을 짓누르며 치고 올라왔다.

음성은 한없이 부드러웠지만 말에 담긴 힘은 미증유.

"며, 명을 따르겠사옵니다!!!"

쿵! 쿵! 쿵!

머리를 시멘트 바닥에 세 번 박으며 깊이 고개를 숙인 미요코.

이마에 선붉은 핏줄기가 눈가로 흘러내렸다.

"쯧쯧, 고운 얼굴에 그게 무슨 해괴한 짓거리냐……."

노인은 허공에 떠서 미요코의 하는 짓을 바라보며 혀를 찼다.

'그 신선이다! 증조부께서 절대 상대하지 말라 일렀다는!'

이제야 미요코도 분명하게 알았다.

조선의 설악산 산중에 산다는 신선.

'그렇다면 강민은…….'

강민의 뒷조사를 했을 때 분명 그도 설악산 출신이었다.

순간 미요코는 눈앞이 캄캄해졌다.

지금 건물 아래 공터에는 총이 준비되어 있다.

쌍검을 들고 강민을 치려했지만 도리어 망신만 당할 판.

"다 정리되면 언제 한 번 놀러오려무나. 저기 저 아래서 놀고 있는 놈이 내 제자니라."

'역시!'

모든 게 일순간 정리가 되어버렸다.

일월천패 주인이 내리는 명. 가문은 따라야 했다.

스스로 가문의 권위를 땅바닥에 내팽개칠 수는 없는 노릇이다.

"명을 받드옵니다!"

미요코는 고개를 더욱 깊숙이 떨어뜨렸다.

"가거라. 그 일월쌍검은 벽장식으로나 쓰거라."

휘리링.

한줄기 바람이 일었다 사그라들었다.

미요코가 다시 고개를 들었을 때 이미 노인의 모습을 사라지고 없었다.

"아……."

억눌렸던 긴 한숨이 터져 나왔다.

"하아……."

그리고 다시 긴 숨을 들이켰다.

스무 해 동안 가슴에 담았던 답답한 탁기.

긴 숨을 들이켜며 뱉어냈다.

이제부터 일월문의 살수 닌자가 아닌 미요코로 살 수 있다.

평범한 여인 미요코가 내뱉는 세상을 향한 첫 숨이 길게 바람에 묻어 사방으로 퍼졌다.

"오늘 날씨 정말 이상합니다. 기상청 예보가 제대로 빗나간 것 같죠?"

"그러게 말입니다. 아침부터 비에 벼락까지 동반되더니 오후에는 멀쩡하게 개었죠."

"쭉 그렇게 갰으면 좋았을 텐데… 멀쩡하다 이건 또 뭡니까. 경기 마지막 18홀 중반까지 왔는데 다시 날씨가 엉망이 되었으니 말입니다."

"골프 중계를 한두 번 한 게 아닌데 이런 경우는 처음입니다."

"아! 경기가 재기되는군요."

파바바밧.

마지막 코스인 18홀을 중심으로 주변에 설치된 조명이 일제히 환하게 밝혀졌다.

몇 년 전부터 시행되어 온 야간 경기가 시작된 것이다.

과거에는 경기 중 시간이 야간으로 넘어가면 다음 날로 운영시간을 연기했다.

경기 규칙이 개정되면서 야간 조명 시설이 잘 돼 있는 골프장에서는 야간 경기를 이어 할 수 있게 됐다.

약 2시간 전.

일몰이 시작되기 직전 손단비 선수가 벙커에 빠진 공을 건 져 올리려는 순간 갑자기 천둥번개가 쳤다.

골프 진행 요원이 급하게 경기를 중단시켰다.

마른하늘의 날벼락이라는 말처럼 구름도 몇 점 보이지 않았 음에도 하늘에서 벼락이 쳤다.

비가 오는 것과 달리 벼락이 발생하면 무조건 경기는 중단 되었다.

골프채를 휘두르다 벼락을 맞을 수도 있는 불상사를 배제할 수 없기 때문이었다.

그렇게 두 시간 동안 대기 상태에 있었다.

아니나 다를까 약 10여 분 간격으로 내리치던 날벼락은 거 짓말처럼 멈췄다.

구름까지 잔뜩 몰려오며 비까지 올 것 같았던 하늘이 개이 면서 달과 별이 총총 모습을 보였다.

마치 누군가 장난을 치는 것 같은 오늘 날씨.

캐스터들도 당황스럽기는 마찬가지였다.

다른 순간도 아니고 손단비 선수가 벙커 샷을 날리면 경기 는 얼추 끝이 났다.

5미터 정도의 퍼팅 거리만 남겨 놓고 있던 청야와 달리 손단 비 선수는 벙커에서 빠져나오는 게 급선무였다.

"예상대로 단비 선수가 샌드웨지를 들었습니다."

"당연히 그래야겠죠. 볼이 벙커 깊숙이 박혀 있으니 9번 아이번보다 무겁고 로프트 각도도 큰 샌드웨지가 제격일 겁니다."

"처음 보는군요. 손단비 선수가 벙커에 들어가는 건 말입니다."

"꽤 정신력이 대단한 선수인데 이번 대회에는 감정 기복이 있어 보입니다. 무슨 일이 있는 걸까요?"

손단비가 샌드웨지를 들고 벙커에 들어섰다.

공은 이미 그 무게 때문에 모래 깊숙이 박혀 있었다.

한 번에 벙커 밖으로 쳐낼 수 있을지가 의문이었다.

"흐흐. 이제 끝나는군."

그랑비아 호텔 객실에 앉아 텔레비전 방송을 시청하고 있는 용 대인.

엉덩이를 소파 깊숙이에 밀어 넣고 시원한 맥주 한 잔을 들이켰다.

딸 용청야의 승리가 거의 확실시 되고 있는 상황에서 갑자기 변덕을 부린 날씨 때문에 잠시 경기가 중단되긴 했지만 문제는 없어 보였다.

야간 경기로 이어지고 있는 이번 시즌의 마지막 샷을 날리기 위해 손단비가 준비하고 있었다.

"청야… 고생했다. 이번 경기 끝나면 푹 좀 쉬거라……."

용씨 가문의 재건을 위해 자신의 인생을 기꺼이 내놓았던 용청야.

그런 딸이 있었기에 용정청이 화교들 사이에서 오늘날 대인 소리를 들으면서 버틸 수 있었다.

"그건 그렇고… 왜 아직 연락이 없는 것이야. 그놈 하나 처리하는데 웬 시간이 이렇게 오래 걸려……. 쓸모없는 것들 같으니라고!"

먼저 강민을 치우고 난 뒤 여유있게 곽 대인을 마무리할 생각이다.

다른 대인들이 눈치채고 개입하기 전에 깔끔하게 정리하고 싶었다.

그런데 시간이 지체되고 있었고 그럴수록 불길함이 머릿속을 맴돌았다.

용청야도 승리를 확정짓고 있었고 비룡루에 투입된 이들로 인해 강민도 포박이 됐을 시간이다.

이미 강민의 몸은 총질에 벌집이 돼 있을 것이다.

물론 생포하라고 명을 내려놓긴 했지만 부득이 상황이 여의치 않으면 죽여도 무방하다 말해 놓은 상황이다.

"단비 선수가 자세를 잡습니다."

"오! 손단비 선수의 기운이 뭔가 좀 다릅니다. 정확하게 모래 위에 서서 호흡을 가다듬고 있습니다."

"최소한 벙커에서 탈출하고 온 그린 하는 것을 목표로 하고 청야 선수의 실패를 기대해 보는 걸까요?"

"모르는 일이죠. 골프의 매력이 예상대로 되지 않는다는 것을 감안할 때 손단비 선수의 공이 홀컵에 빨려 들어가는 초유의 사건이 일어날 수도 있지 않겠습니까."

"하하 그거 상상만으로도 정말 멋진 장면이군요!"

캐스터들이 온갖 예상 시안을 내놓으며 긴장감을 고조시켰다.

"닥쳐! 이 머저리 같은 놈들!"

청야에게 호의적이지 않았던 그간의 골프 업계.

우승을 하고 난 뒤 분명이 콧대를 밟아주리라 작심하고 있던 용 대인은 캐스터들의 멘트에 화가 차올랐다.

꿀꺽.

괜히 심술이 부글부글 끓어오르던 용 대인은 차가운 맥주를 한 번 더 들이켰다.

띠리리리 띠리리리.

그때 테이블에 내려놓은 휴대전화가 불안하게 울렸다.

"누구야!"

씩씩거리며 핸드폰을 집어 들었다.

홍콩 번호가 찍혀 있었다.

"무슨 일이야."

가문 사업장 번호가 찍힌 것을 확인한 용 대인은 화를 살짝 가라앉혔다.

"아, 아버님! 큰일 났습니다!!!"

"무슨 일이야! 웬 호들갑이야!"

홍콩에서 용 대인의 부재로 사업장과 가문을 단속하고 있는 장남 용명홍의 다급한 목소리가 전해져 왔다.

"화룡회 수호단이 들이닥쳤습니다!"

"뭐, 뭐라고!"

"마, 막아라!"

"크아아아아아악!"

콰다다다다당.

"아버님 피하십시오! 이곳은……."

퍼억!

"으아아아아아악!"

띠릭.

다급했던 아들의 목소리가 끊겨졌다.

이내 연결돼 있던 휴대전화 음마저 끊겼다.

"회의 수……. 수호단이라니!"

화룡회의 수호단이라면 각 대인들의 가문에서 파견한 합법적 살수단이었다.

이는 화룡회 규율을 어기거나 회를 위기에 몰아넣는 가문을 저지시키거나 멸문시키기 위해 만들어놓은 단체였다.

그들이 한 번 지나간 자리는 그 어떤 곳이 되었던 쑥대밭이 되었다.

그런 만큼 함부로 내놓지 않았다.

열두 대인들 중 10인 이상의 찬성표를 얻어야 활동할 수 있는 화룡회의 수호단.

화교 가문들의 위기 시에 발동되는 것을 최우선으로 하는 수호단의 행동이 홍콩 용 대인의 가문에 들이닥쳤다는 말이 된다.

용 대인이 홍콩을 비운 사이 그 틈을 타고 가문을 거덜내려하고 있었다.

"이, 이놈들이 감히!!!"

이건 전쟁이나 다름없었다.

화룡회의 가문 대인들이 용 대인을 노리고 있다는 확실한 증거였다.

서둘러 홍콩으로 돌아가야 한다.

샌프란시스코 차이나타운을 손에 넣기 위해 곽 대인을 치러 왔다.

오면서 대동해 온 100여 명의 수하들.

그들을 몰고 홍콩으로 돌아가 비밀 수하들의 힘까지 합치면 홍콩은 금세 되찾을 수 있다.

터억!

"쳤습니다!"

"아~ 시원하게 빠져나옵니다. 손단비 선수가 쳐낸 공이 홀컵 방향으로 정확하게 날아가고 있습니다!"

"어어어……."

"드, 들어갑니다!!!"

"와아아아아아아아아아아아아!"

시끄러운 캐스터들의 목소리와 함께 지켜보던 갤러리들의 환호성이 대형 티비를 통해 생생하게 전해졌다.

"들어갔습니다!!!"

"단비 손이 샌드웨지로 멋지게 언더파를 획득했습니다!"

"어, 엄청납니다! 어떻게 그 공이 홀컵에 바로 빨려 들어갈 수 있죠?"

"정말 대단합니다!"

"청야 선수가 주저앉았습니다!"

"5미터 퍼팅을 성공시켜야만 하는 데 가능할까요!"

"웬만한 정신력으로 끌어내기 힘든 결과입니다."

"청야 선수 어떻게 나올지 시선을 주목시키는군요."

"정말 기적 같은 일이 벌어졌습니다!"

털썩.

미처 전화를 받고 난 뒤의 충격이 가시기도 전에 용 대인은
소파에 털썩 주저앉고 말았다.

화면을 통해 전해지고 있는 골프 중계.

덜컹!

그때 방문이 거칠게 열렸다.

감히 용 대인이 묵고 있는 룸에 노크도 없이 들어오는 무례
한 행동이다.

"회, 회장님! 피하십시오! 꽉 대인의 수하들이 주차장에 쫙
깔렸다고 합니다!!!"

오늘 용 대인의 경호를 맡은 수하 하나가 정신이 혼미해진
채 방으로 달려 들어오며 외쳤다.

"허억……. 헉……."

혈압이 갑자기 치솟는 바람에 용 대인은 거친 숨을 몰아쉬
었다.

정신을 차릴 수가 없었다.

예상치 못했던 변수들이 여기저기서 터지고 있었다.

"대인! 피하셔야 하옵니다!"

삐뽀 삐뽀 삐뽀 삐뽀.

거기서 끝이 아니었다.

창밖에서 요란하게 울리는 사이렌 소리.

뭔가 틀어져도 단단히 틀어져 버린 계획들 때문에 혼란스러 웠다.

"어, 어서 길을 터라! 그리고 당유방과 원로들에게 연락해!"

"아, 알겠습니다!!!"

지금 당장 이곳을 피해야 한다는 것만은 확실했다.

용 대인은 누군가에 손에 잡히면 안 된다는 사실쯤은 명확 하게 알고 있었다.

혼미한 정신을 붙들고 무거운 몸을 이끌어 방 밖으로 빠져 나갔다.

정신없이 몰아닥치고 있는 불행의 폭풍.

뒷목을 후려 챌 듯 기세를 몰아오는 불행의 바람을 피하는 방법은 일단 그 자리를 벗어나야 한다.

지금까지 목숨을 부지하고 살아온 인생의 산 경험이 그렇게 말하고 있었다.

"실패했다고?"

"그렇습니다. 김 사장님."

"정 사장 많이 컸네~ 크크크."

샌프란시스코 피셔맨스 워프 항구의 외진 주차장에 세워진 차 안에 두 남자가 타고 있었다.

강민의 청부를 사주하고 그 결과를 확인하기 위해 직접 온 김대철과 살인청부 중계업자인 정 사장이다.

결과로만 말하면 정 사장의 김대철의 의뢰를 깔끔하게 처리하지 못했다.

담담하게 실패했음을 전하는 정 사장의 태도에 어이없는 웃음을 흘리는 김대철.

그의 두 눈은 새파란 광기로 물들고 있었다.

오랜 시간 삭힌 뜨거운 분노가 부글부글 끓어오르며 김대철의 온몸을 휘감았다.

이번에는 확실하다는 말을 믿고 직접 미국까지 건너와 그 결과를 고대하고 있었다.

한국만 같았어도 밑에 애들을 시켜 단박에 정 사장을 끌어다 야산에 파묻고 말았을 것이다.

"더 이상 사장님을 도와드릴 수 없게 된 것을 죄송하게 생각합니다."

정 사장의 담담한 표현.

그동안 여러모로 감사하게 생각하는 바도 있었다.

김대철이 쏟아 내는 독기 서린 눈빛을 고스란히 받으며 조수석에 앉아 고개를 깊숙이 숙이는 정 사장.

그의 얼굴에는 피곤한 기색이 역력했다.

이제 그만 의뢰인 김대철과의 일을 마무리 짓고 싶었다.

"난 전혀 고맙지가 않군."

"더 이상 드릴 말씀이 없습니다."

"건방진 새끼!"

와락.

운전석에 타고 있던 김대철이 몸을 틀어 정 사장의 멱살을 움켜잡았다.

단박에 때려죽여도 속이 풀리지 않을 만큼 열이 올랐다.

하지만 정 사장 역시 그런 김대철을 십분 이해하고도 남았다.

대부분의 의뢰인들이 결과에 만족하지 못할 때 보이는 보편적인 반응이었다.

"이곳은 미국입니다.. 함부로 행동하시면 곤란합니다."

멱살을 잡고 있는 김대철의 손을 천천히 뿌리치는 정 사장의 단단한 손길.

이래봬도 정 사장은 청부중개업자가 되기 전 특수부대를 거쳐 온 엘리트 교관이었다.

"으으윽!"

자신의 손을 가볍게 떼어내는 정 사장의 아귀힘에 불쾌감을 감추지 못하는 김대철.

"그럼 편히 쉬십시오."

딸깍.

최소한의 예를 갖춰 인사를 하고 정 사장이 차문을 열고 밖으로 나왔다.

"야! 너 정 사장! 한국에 돌아오면 보자고!!!"

김대철은 마지막까지 분을 삭히지 못하고 내갈겼다.

"후후."

차 안에서 정 사장을 향해 내뱉은 김대철의 말은 결국 한국으로 돌아가서 목숨을 거둬주겠다는 말이었다.

그 의미를 잘 알고 있는 정 사장의 입가에 옅은 미소가 번졌다.

처음부터 김대철과의 거래가 원만하게 해결되지 못할 것을 직감했던 정 사장이었다.

예감이란 것을 아예 무시할 수 없는 청부업.

처벅처벅.

갖은 욕설이 정 사장의 등 뒤를 후려쳤지만 한 번을 돌아보지 않고 천천히 주차장 한쪽으로 사라졌다.

"이 새끼! 내 말을 무시해! 네 목숨이 이미 내 것이야!!!"

김대철은 더 이상 분을 삭이지 못하고 발악을 하고 있었다.

작은 항구는 한산하기 그지없었다.

차이나타운에서 벌어지는 하지 축제를 위해 많은 사람이 이동해 버린 시간.

쉬이이이이이이이잇.

퍼버버버벙 퍼버버버벙.

항구에서도 차이나타운 거리에서 터져 올라오는 화려한 불꽃이 보일 정도였다.

"김대철… 적당한 선에서 멈췄어야지……. 건들지 말아야 할 건 처음부터 조심하는 게 좋아……,"

스윽.

조용히 어둠 속으로 사라지던 정 사장은 바지 주머니 속으로 손을 집어넣었다.

그리고 손바닥에 잡히는 리모컨의 버튼을 만지작거렸다.

김대철을 만나기 직전 비월로부터 급한 연락을 받은 정 사장.

강민이란 자를 처리하는 것은 불가능하다.

그러니 놈을 처리하라 사주한 의뢰인을 깨끗하게 제거하라.

일단 소문이 나지 않게 깔끔하게 정리하라는 비월의 명령이 떨어진 것이다.

정 사장은 비월의 말에 무게를 둘 수밖에 없었다.

가끔 이런 일이 생기는 경우도 있었다.

청부 대상 타깃이 생각지 못하게 강한 상대이거나 그의 배경이 쉽게 손을 쓸 수 없을 때.

되레 의뢰자를 제거함으로써 사건을 마무리 짓는 방법.

비월이 선택하는 최후순위의 작업 선택이었다.

정 사장은 김대철과 마지막으로 한 자리에 작은 가방 하나를 조용히 놓고 나왔다.

차를 랜트해 온 김대철 사장.

증거인멸은 생각보다 수월한 상황이다.

"정 사장! 너 이 개새끼!!!!!"

희미하게 들리는 김대철의 목소리는 여전히 정 사장을 향한 분노로 이글거리고 있었다.

띠릭.

정 사장은 만지작거리던 리모컨의 버튼을 미련 없이 눌렀다.

퍼어어어어어어엉! 퍼버버버버벙!

멀리서 들려오는 화려한 폭죽 소리에 함께 섞여 터지는 강렬한 폭발음.

차자자자자자자장.

카가가가강.

삐이삐이삐이삐이.

주변에 세워져 있던 차의 유리창이 터져 사방으로 튄 파편에 함께 부서지는 소리들이 들려왔다.

순식간에 정신없이 울리는 경보음에 작은 주차장은 난장판이 되었다.

김대철은 처음부터 이곳에 없던 사람처럼 흔적 없이 사라져 버렸다.

쥐도 새도 모르게 누군가를 없애려 했던 김대철.

자신이 그렇게 세상을 등질 수도 있다는 사실은 꿈에도 몰랐을 것이다.

"달빛 한 번 곱네……."

한때는 정 사장 역시 미래를 약속했던 여인과 함께 달빛 아래 춤을 추었던 시절도 있었다.

당시 군에 몸담고 있어 자주 그녀를 볼 수 없었지만 매번 기꺼이 천국을 선물했던 여인이었다.

어느 날 싸늘한 시신으로 그의 앞에 타나난 여인.

미래가 보장되고 탄탄한 앞날이 기다리고 있던 잘나가던 특수부대 교관 자리를 던져 버리고 정 사장이 세상에 뛰어든 이유가 됐던 여인이다.

누가 봐도 타살이었던 한 여인의 죽음.

반 정신이 나간 상태에서 그녀가 남긴 죽음의 흔적을 쫓았고 지독한 추적 끝에 결국 그 실마리를 풀었다.

그녀를 짝사랑하고 있던 한 남자가 만들어낸 참상.

그는 잘나가는 법조인 집안의 아들로 빗나간 사랑의 형태로 청부 살인을 의뢰했고 그 희생양이 정 사장의 연인이었던 것이다.

눈알이 뒤집히는 듯한 충격을 받았었다.

몇 날 며칠을 걸려 치밀한 계획을 세웠고 정 사장은 실행에 옮겼다.

법의 울타리 안에서 해결하려고 했었지만 그 울타리는 탄성 좋은 고무줄처럼 그때그때 기준이 달랐다.

청부 살인에 의한 희생이었음에도 불구하고 결찰의 수사는 검찰의 지시에 의해 받아들여지기도 하고 거부되기도 했다.

의뢰인이었던 남자의 아버지가 부장 판사를 엮임하고 있었고 그의 큰아버지가 대법관 자리에 앉아 있었다.

물론 집안사람 대부분이 검사 출신이었으니 게임이 되지 않았다.

수사를 맡은 경찰 측도 뭔가 낌새를 채긴 했지만 자신들의 몸을 사리기에 급급했다.

그때 세상의 정의는 권력에 의해 쪼개지고 붙고 모양을 달리한다는 것을 깨달았다.

복수를 결심한 순간부터 정 사장은 이름과 그의 과거 일체를 버렸다.

이유는 분명했다.

사랑하는 여인을 지키지 못한 것에 대한 분노가 컸고 그녀의 억울함을 위해 남은 인생을 내던지기로 한 것이다.

한참 사법고시를 준비하고 있던 청부 살인 의뢰를 했던 자를 교통사고로 위장해 저승길로 보냈다.

그래도 정 사장의 한과 떠난 여인의 한은 풀릴 기미를 보이지 않았다.

가스 밸브를 열어 가스폭발을 위장해 그의 남은 일가족까지 죽음으로 몰아넣었지만 달라지는 건 없었다.

한 여인을 핑계로 손에 피를 묻히기 시작했지만 정당화될 수 없음을 정 사장도 잘 알고 있었다.

그러면서 떠돌기 시작한 세상.

잊을 수 없는 추억과 살인의 기억이 그를 어느새 살인청부 중계업자라는 탈을 씌워놓았다.

그때부터는 죽지 못해 사는 질긴 목숨이 되고 말았다.

이제는 어떤 양심의 가책 따위도 정 사장은 얼어붙은 심장을 녹일 수 없었다.

몸소 저승문을 지날 때까지는 멈출 수 없을 업.

어차피 죽어 없어져야 할 자들을 나서서 처리하고 있다는 위안만을 안고 있었다.

얼핏 왜소해 보이는 체격이었지만 몇몇은 순식간의 목을 딸 수도 있는 훈련된 살인 기계나 다름없었다.

가끔 이렇게 강민 사건처럼 돈이 걸린 일 때문에 손을 대는 일도 있었다.

그럴 때면 아닌 게 아니라 얼어붙었던 심장도 일말의 양심이 살아 있는 듯 괴로움을 주었다.

딸깍.

치이익.

담배 하나를 꺼내 물었다.

"휴우……."

길게 한 모금을 빨아 폐부 깊숙이 담배연기를 삼키며 시선을 돌렸다.

점점 지쳐가고 있는 자신을 느꼈다.

더 이상 그 어떤 명분도 정 사장이 살아가야 할 이유를 대주지 못했다.

먼 바다 위에 떠있는 환한 달이 마치 떠나버린 그녀의 얼굴처럼 빛났다.

이제 그만 함께 떠나자고 손짓을 하는 듯했다.

충분히 사랑하지 못한 그녀.

주검으로 눈앞에 놓여진 그녀를 보며 다짐했던 복수.

길게 숨을 따라 나온 담배연기가 어둠 속으로 흩어졌다.

탕!

한 발의 선명한 총성.

퍼억!

<u>스르르르르</u>.

갑자기 찾아온 강한 충격과 흐릿해지는 시야.

먼 바다를 향해 담배연기를 내뿜던 정 사장의 몸이 스르르 무너져 내렸다.

한쪽 머리에서 연신 흘러내리는 붉은 피가 촉촉하게 젖은 눈동자로 흘러들었다.

씨익.

그의 입가에 그간 보지 못했던 편안한 미소가 번졌다.

이제는 정말 끝이다.

아무리 발버둥치고 벗어나기 위해 애써도 다시 늪처럼 빠져들던 더럽고 치졸한 세상.

정 사장의 핏빛에 젖은 두 눈동자는 안녕을 고하고 있었다.

제6장
젠장

쇄애애앳.

파바바방! 팡!

턱턱턱!

'어, 어떻게 저럴 수가!'

등 뒤쪽에서 총을 겨누고 있음에도 예린은 정신을 차릴 수 없었다.

강민이 뭔가 특별한 걸 수련했다는 것은 알고 있었다.

그러나 정말 영화에서나 나올 법한 격투를 지금 두 눈으로 확인하게 될 줄은 몰랐다.

"닷!"

쇄앵!

"헙!"

퍼엉!

거짓말을 보태지 않고 허공 2미터 정도를 가볍게 뛰어올랐다가 내려오며 쌈질을 하고 있다.

눈에 잘 보이지도 않았다.

그 속도가 얼마나 빠르고 정확한지 휙휙 소리만 요란했다.

그뿐만 아니었다.

강민을 치겠다고 튀어나간 사람의 손과 발이 동시에 맞부딪힐 때마다 가죽공이 터져나가는 듯한 폭발음이 들렸다.

귀가 울릴 정도의 소음들.

터억!

허공에서 한참 부딪히던 두 사람의 발이 바닥에 닿았다.

터엉!

하지만 다시 바닥을 박차고 떠오르며 허공에서 어지럽게 손을 교환하며 서로의 급소를 향해 뻗었다.

파바바바방.

'민아!'

기묘하고 두려웠다.

그간 옆에서 봐왔던 강민의 모습이 아니었다.

허공을 자유자재로 오가는 것은 그렇다 치고 사람의 팔과 다리를 향해 살벌한 주먹질을 날렸다.

처음 강민에게 경고를 주었던 장료라는 원로와 주먹을 나눴다.

"어떻게 원로님과······."

"반드시 처리해야 할 놈이군."

여전히 총구를 겨누고 있던 이들이 말을 주고받았다.

중국어를 알아들은 예린의 몸이 바들거렸다.

강민에게는 다시 태어나 어쩌고 하며 희망적인 말을 했지만 죽음은 진짜 두려웠다.

"으음······."

기절해 정신을 잃었던 왕화령이 신음을 흘리며 눈을 떴다.

"···용씨 가문이었어."

정신이 돌아오는지 주변을 살피고는 씁쓸하게 한마디 내뱉었다.

"용씨 가문?"

"화교계에서··· 가장 더러운 가문이야."

"음······."

다른 설명이 필요할 것 같지는 않았다.

"진짜 잘 싸우네. 역시 아버지가 한 말이 틀리지 않았어. 강민만 잡으면··· 우리 가문이 다시 설 수 있다고 하더니······."

예린의 양팔에 의지한 채 강민과 장료의 부딪치는 모습을 보던 왕화령.

감탄을 터뜨렸다.

'다른 세상 사람 같아······.'

예린은 그간 강민에게 품어왔던 자신의 감정이 어디까지가 진실이었는지 되돌아보았다.

화령은 무리 없이 지금 강민이 보인 모습을 온전히 받아들이는 듯했다.

하지만 예린은 처음으로 강민에게서 낯선 느낌을 받았다.

평범하지 않기로 보면 예린도 강민 못지않았다.

오성 그룹의 후계자란 사실이 강민과의 거리를 좁히지 못하는 이유라면 부인할 수 없었다.

강민에게 품었던 마음을 3년이나 지속해 왔다.

하지만 뭔가 이제는 그 매듭을 풀어야 할 것 같았다.

그간 수없이 던졌던 사랑의 메시지.

그때마다 흔들림 없이 강민이 해왔던 대답은 예린에게 느끼는 자신의 감정은 친구 이상이 아니라는 것.

"강민… 좋아하는 여자가 따로 있어. 이건 확실해."

'손단비…….'

화령은 의외로 직감이 발달해 있었다.

좋아하는 남자만을 향해 개발된 여자의 무서운 레이더.

예린도 이미 알고 있는 사실이다.

그것도 3년 전부터 쭉.

굳이 입 밖으로 말을 꺼내지는 않았지만 함께한 며칠 동안 강민이 누군가를 사무치게 그리워하고 있다는 사실은 알고 있었다.

또 혁찬이 무심코 던진 손단비 얘기에 눈빛이 흔들렸던 강민이었다.

"아쉬워… 막 혁찬이 좋아지려던 참인데……."

화령은 강민의 마음을 열 수 없다는 것을 빨리 깨달은 셈이다.

단순하게 치부해 버릴 수 없는 예린은 생각이 많았다.

삶은 이상이 아니라 현실이다.

언젠가 어머니 윤라희 여사와 정원에서 차를 마실 때 떨어지는 낙엽에 시선을 주며 이런 말을 했었다.

세상은 눈에 보이는 것 이상으로 현실적이라고 말이다.

이상과 낭만을 쫓아 살기에는 너무나 감당해야 할 것들이 많은 세상.

그런 세상을 현실적으로 받아들이고 수긍해 살아낼 때라야 자신의 삶을 뒤돌아보며 얻게 되는 것도 많아진다고 했다.

예린은 죽음이 코앞에 와 있다고 생각하니 자신이 어디에 있어야 했는지 보였다.

더 이상 철없는 소녀가 아니었다.

게다가 평범한 집안의 자녀로 사랑만 쫓아가며 모든 걸 포기할 수 있는 입장도 아니었다.

중요한 건 강민의 마음을 온전히 얻을 수도 없다.

'친구… 친구.'

이 순간 예린의 머릿속을 가득 채운 말은 강민이 던진 말뿐이었다.

상황이 받아들이기 힘들었지만 사실 너무 우스웠다.

차가운 총구가 자신의 목숨을 빼앗겠다고 위협하고 있었다.

"탕!"

"하얏!'

쉬리리릿.

펑! 파바바방!

쉼 없이 터지는 기합과 폭풍 같은 주먹들.

또로로록.

의미를 알 수 없는 눈물이 볼을 타고 흘러내렸다.

이제는 놓을 수 있을 것 같았다.

아니 놓지 않는다 해도 더 가면 사랑이 아닌 욕심일 뿐이라는 것을 인정해야 했다.

예린은 강민에게 여자이기보다 추억 깊은 한 사람으로 남아 있고 싶었다.

윤라희 여사가 조용히 내뱉던 그 말.

사랑은 그 무엇보다 더 현실적이라는.

그 말의 의미가 뼈저리게 예린의 심장을 파고들었다.

파아아앙!

'대, 대단하다!'

장호십삼권을 수련한 지 벌써 60년이 넘어가는 장료.

내공도 1갑자가 넘었다.

장씨 가문 대대로 내려오는 보단과 여러 가지 귀한 약초, 그리고 끊임 없는 내공 수련으로 요즘 같은 세상에 거의 없는 내공의 경지에 올랐다.

그런 장료의 주먹이 강민 앞에 번번이 막히고 있었다.

장호십삼권은 언뜻 형이 커 보이지만 그 안에 자리 잡은 치밀한 초식의 연속 공격력을 권법 최고로 쳤다.

일초와 일초가 더해질수록 힘이 배가 되는 파괴력을 뿜어냈다.

그런 공격을 막아냈다.

더 이상 완벽할 수 없는 장료의 권들을 짧은 순간에 물 흐르듯 막아내고 반격까지 해왔다.

쉐앳!

퍼엉!

"크윽!"

"…!!!"

입가에 미소를 띤 채 전혀 힘을 들이지 않는 듯한 공격.

장료의 일 갑자 전 공력이 담겨 있는 적수공권도 막아냈다.

그뿐만 아니라 빈틈을 노려 오른발을 전광석화처럼 뻗어 장료의 왼팔 중심부를 걷어찼다.

그 강도가 얼마나 강한 충격을 주었던지 장료의 얼굴이 붉게 달아오르는가 싶더니 이내 신음을 흘렸다.

'말도 안 된다! 내공과 초식에서 모두 밀리신단 말인가!'

장량은 눈앞에서 벌어지는 상황을 보고도 믿을 수 없었다.

강한 줄은 알고 있었지만 자연스럽게 권에서 내기가 발산되는 권경에 오른 아버지 장료가 밀릴 것이라고는 상상하지 않았다.

태어날 때부터 입에 젖 대신 영약을 물지 않고는 불가능한 경지다.

그 어떤 심법으로도 저 나이에 저런 경지에 오를 수는 없는 노릇이다.

수백 년 이상 된 진귀한 약초들을 섭취해 오지 않고서는 말이다.

'산삼이다! 고려 산삼!'

장량은 정신이 번쩍 들었다.

예부터 귀물 중의 귀물로 쳤던 고려삼.

수백 년 된 산삼을 섭취해 자신의 것으로 완벽하게 소화했다면 가능한 일이기도 했다.

'아무리 그렇다 해도 저런 초식과 반응은……'

내공이야 그렇다고 치더라도 아버지 장료가 수십 년 수련한 무공을 바람처럼 비켜 반격까지 하는 강민의 모습은 이해 불가능했다.

매일을 하루같이 반나절 이상 무공 수련에 시간을 쏟던 아버지 장료였다.

그런 분이 밀리고 있었다.

가문 대대로 내려오던 비전 권법이 격파당하는 순간이다.

"대단하구나!"

한 방 제대로 얻어맞고 뒤로 물러나 숨을 고르던 장료가 강민을 향해 입을 열었다.

그의 두 눈에는 경이로움이 가득했다.

약 20여 년 전부터 적수공권으로 세계 제일이라 칭송받던 장료는 그간 갖고 있던 자만심을 내려놓았다.

"영감님도 괜찮았습니다."

"껄껄껄. 고맙구나."

주먹 한 방에 갈비뼈가 나가고 머리가 터질 정도의 충격을 주는 내기를 사용하면서도 서로를 인정하는 두 사람.

장씨 가문의 원로들은 두 사람의 모습을 지켜보며 놀라움을 감추지 못하고 있었다.

원로들이 봐온 장료는 수십 년 동안 그 어떤 누구도 권으로 인정하지 않았던 이였다.

"원로들께서는 이제 끝을 봐주시지요. 대인께서 기다리십니다."

당유방이 분위기를 깨며 끼어들었다.

눈치로 보아하니 원로들도 강민을 생포하기는 그른 듯했다.

잡아놓은 두 계집을 볼모로 산 채로 팔다리를 묶어 포박하는 수밖에 없었다.

그런 후에 용 대인께 연통을 넣을 생각이었다.

"그럴 참이네. 자네는 최근에 완성한 나의 일권을 받아보게."

처럭.

두 손을 쥐고 가볍게 가슴 앞으로 모으는 장료.

"내일 경기가 있는 관계로 저도 이 정도에서 마무리를 지어야겠습니다."

"…???"

오늘 이 자리가 무덤자리가 될 게 빤한데 아직도 얼굴에 웃음기를 띠고 있는 강민.

미치지 않고서야 저렇게 나올 수가 없었다.

따로 자세를 취하거나 하지도 않았고 편안하게 두 팔을 늘어뜨린 채 서 있었다.

자연체라도 깨달은 듯한 강민의 태도.

장료와의 거리는 약 10여 미터.

고수였기에 단 한 번의 도약으로도 가볍게 좁혀 들어갈 수 있는 거리였다.

파바밧!

주변에 서 있던 모두의 시선이 장료와 강민에게 쏠렸다.

"타앗!"

"하압!"

쇄애애앳.

주저하지 않고 두 사람이 부딪혔다.

장료 손에 깃든 보이지 않지만 묵직하게 느껴지는 무형의 압력 덩어리.

그대로 강민의 가슴을 향해 폭발하듯 뿜어져 나왔다.

장료의 늙은 주먹이 꽤 매웠다.

설악산 양 도사 이후 처음으로 상대해 보는 고수였다.

용 대인 밑에서 원로 대접을 만한 자격이 충분히 되었다.

단순히 내지르기만 하는 주먹이 아니었다.

권법이라고 말할 만한 비전 무공.

일권에 담긴 암경의 힘으로 보아 생바위 하나는 가볍게 부실 수 있는 주먹이었다.

설악산을 빠져나올 때 챙겨온 산삼주가 아니었다면 나 역시 뼈가 성치 못했을 힘이 담겨 있었다.

'젊은 사람 괄시하면 안 되죠~'

그러나 두렵지 않았다.

쓰는 내공은 내가 한 수 위였다.

정기로 치며 빠지지 않는 설악산에서 채집한 약초들로 6년 동안 몸보신을 한 주인공이 아닌가.

게다가 선천태극오행기공과 장생신선술로 건강과 안전 두 마리 토끼를 잡으며 몸 상태를 극대화 시켜놓았다.

권로가 또렷이 눈에 들어왔다.

일전에 장랑을 통해 잠깐이나마 맛을 본 권법이다.

눈에 보이는 권로를 따라 몸이 자연스럽게 반응했다.

장생신선술의 특기가 바로 자연무공을 기본으로 하고 있다는 것이다.

제아무리 위대한 무공도 자연의 이치 앞에서는 한낱 어린아이 손장난과도 같았다.

'웁스!'

장료의 손이 눈앞으로 다가오며 수십 개로 변했다.

환영과 실제가 뒤섞여 있는 주먹질.

허초가 어떤 것인지 파악하기가 여간 쉽지 않았다.

심득이 담겨 있는 권법의 특징이었다.

쾌속함과 강맹함이 섞여 있는 것이 마치 한여름 들판을 휩쓴 폭풍과도 같았다.

씨익.

하지만 그 어떤 것에도 약점은 있는 법.

아무리 강한 비바람과 폭풍도 거대한 바위 앞에서는 무의미하다는 것을 깨달은 지 오래.

내력을 있는 힘껏 끌어올렸다.

스스스슷.

세맥에 잠자고 있던 모든 기운들이 일시에 격발되었다.

그리고.

쇄애앵.

그대로 수많은 허초와 실초를 섞어 주먹을 내뻗던 장료의 가슴을 향해 내질렀다.

일체의 방어가 필요 없는 무식한 일격.

"…!!!"

힘껏 부릅떠지는 노인의 눈동자.

쉬잇!

권을 거두며 급히 내가 내지른 주먹을 막았다.

힘 대 힘!

내공 대 내공!

내가 끌어낸 밑그림.

어지러움 속에 보이는 완벽한 허점.

정중동(靜中動) 동중정(動中靜)의 원리.

고요한 가운데 거센 움직임이 있고 움직임 속에 고요함이
들어 있다는 무학과 자연의 이치.

사람의 눈에는 보이지 않지만 완벽하게 사방을 차단하고 온
전하게 한 곳으로 힘이 집중되었다.

내지른 나와 달리 상대하는 장비의 후손 장료는 숨이 턱 막
힐 것이다.

장료 입장에서는 본능적으로 내 손에 마주해 찔러들어 올
수밖에 없다.

따로 공격을 하고 싶어도 그리 되지 않았다.

나의 일격을 무시하고 다른 곳을 공격하다가는 기와 정이
모두 분산돼 이도저도 얻는 게 없음을 충분히 아는 것이다.

콰아아아앙!

마치 가죽공이 터지는 파열음이 사방으로 퍼져나갔다.

빠각.

동시에 뼈가 으스러지는 소리가 뒤를 이었다.

"크아아아악!"

참을 수 없는 고통을 실은 비명 소리가 터졌다.

부우우웅.

촤아아아악.

공중에 붕 떠 몸을 띄우며 날아가는 장료.

입에서는 한 움큼의 피가 분수처럼 뿜어져 나왔다.

'오른손은 있어도 없는 것이 되겠군.'

이유가 어떻든지 간에 자신의 이익을 위해 타인을 핍박하는 것은 용서받을 수 없다.

권을 주로 쓰는 무인에게 주먹을 쓸 수 없다는 것만큼 큰 형벌은 없었다.

가장 합법적인 대가라고 할 수 있었다.

"으헛!"

"혀, 형님!!!"

"아버님!!!"

터더덕,

튕겨 나간 장료의 몸을 받아 끌어안고 소리치는 장광과 장량.

"이, 이놈이! 다들 뭣들 해! 쏴! 모두 쏴 죽여!!!"

불안감이 극에 달하면서 악에 바친 당유방이 거칠게 외쳤다.

"……"

하지만 등 뒤에 도열해 있던 수하들의 반응이 전혀 없었다.

"뭣들 해! 죽이라고!"

머리끝까지 꼭지가 돈 당유방이 몸을 돌아보며 쏘아붙였다.

"허억!"

분명 총기를 소지하고 있던 20여 명의 수하들 손이 비어 있었다.

총 20여 자루가 눈에 보이지 않았다.

"으아아! 귀, 귀신이다!"

"초, 총이 혼자 움직인다!"

"귀, 귀신들이 노했다!"

"사, 살려주십시오!!!"

퍼버버버벅.

빈손이 된 수하들은 비명을 지르며 땅에 머리를 처박았다.

두둥실 어두운 하늘에 떠 있는 달, 아니 총기들.

"으으으으……."

당유방의 입에서는 미친 자의 신음 소리 같은 기괴한 음성이 흘러나왔다.

눈앞에 펼쳐진 광경을 어떻게 믿을 수 있겠는가.

마치 수하들의 말처럼 귀신이 장난질을 치는 것이 아니라면 무거운 총이 저 혼자 허공을 떠다닐 일은 없었다.

그것도 손을 뻗어 잡아 내릴 수 있는 높이가 아니었다.

휘이이익.

그러더니 갑자기 더 높은 곳으로 휙 치솟아 올랐다.

쉬이이이이이잇.

퍼버버버버벙! 퍼버버버버벙! 퍼버버버버벙!

차이나타운의 화려한 불꽃놀이도 그 끝을 향해 내달렸다.

캄캄한 하늘은 형형색색의 화려한 불꽃으로 물들었다.

파가가가가가각.

후두두두두둑.

잠시 뒤 머리 위로 뭔가 부서진 조각들이 쏟아져 내렸다.

철퍽. 철퍼덕. 퍽퍽퍽.

총의 부서진 잔해들이었다.

형체를 알아보기 힘들 만큼 잘게 부서져 내리는 파편들.

'에휴, 실력이 어디 안 갔네.'

심히 마음이 혼란스럽게 찝찝했다.

설악산에 있을 때 직접 겪어본 적이 있는 양 도사의 공깃돌 놀이.

뜬금없이 수십 개의 단단한 돌을 골라 하늘 높이 던지라 했었다.

독주에 얼큰하게 취해 기분이 좋다면 보여 주겠다고 했던 한 수였다.

당시 눈알이 빠져나가는 줄 알았다.

평소처럼 속으로야 투덜거렸지만 귀찮아서 하라는 대로 힘껏 돌들을 던져 올렸다.

그 순간 빠가각 소리를 내며 떠오른 돌들이 자잘하게 쪼개지더니 후두둑 떨어져 내렸다.

호신용은 아니고 주로 손발톱을 깎거나 과일을 쪼개 먹을 때 사용하던 수십 년 묵은 작은 손칼로 그 짓을 한 것이다.

새록새록 떠오르는 추억의(?) 파편들.

오늘 보니 양 도사는 그간 더한 괴물이 되어 나타난 것 같았다.

돌보다 더 단단한 합금 총기를 이 정도로 아작을 냈다면 말 다한 것이다.

"흐꾹. 흐꾹."

느닷없이 딸꾹질이 나왔다.

그 누구도 아닌 나를 향한 경고음이었다.

약조한 대로 수입의 50프로를 제공하지 않으면 내 몸의 뼈가 저 꼴이 될 거라는 99.99퍼센트의 정확성을 확신하는 신호.

따리링♬ 따링♬

용 대인의 부하들은 이미 공포에 질려 땅바닥에 붙다시피한 꼴로 바들바들 떨고 있었다.

당유방이 길길이 날뛰다 놀라 넋을 놓았을 때 그의 품 안에서 벨소리가 흘러나왔다.

"으헙!"

미처 정신을 챙기지 못한 당유방이 품 안을 뒤졌다.

따릭.

아무 버튼이나 눌러대다 한 뼘 통화 버튼을 눌러 버렸다.

"총관 어른! 큰일났습니다! 대인 어른께서 위험에 처하셨습니다. 곽 대인의 수하들과 경찰들이 대인 어른을 추격하고 있습니다! 속히 이곳으로 와 주십시오!"

'어라? 이건 무슨 소리……'

나를 친히 손보겠다고 엄포를 놓았다던 화룡회 용 대인에 관련한 소식이었다.

샌프란시스코 차이나타운까지 노렸다고 하더니 본진이 털린 듯했다.

터어엉!

터더더더더덕.

"모두 포박해! 용씨 가문에 연루된 자들은 모조리 잡아라!!!"

그때 갑자기 비룡루 뒷문이 박살 나듯 튕기며 열렸다.

그리고 일단의 사내들 수십 명이 일시에 총과 검으로 무장하고 쏟아져 나왔다.

가슴 쪽에 한줄기 금매화가 수놓인 푸른 화복 차림의 무리들.

차자자작.

일사분란하게 움직인 의문의 사내들은 용 대인 수하들을 향해 총구를 겨누었다.

"……."

하지만 당황하기는 그들도 마찬가지.

반행해도 모자랄 판에 공포에 질려 바닥에 고개를 처박은 꿩대가리 꼴인 용 대인의 부하들.

"이건 뭐지?"

몰려 들어온 이들 중에 앞대가리로 보이는 자.

키는 나보다 훨씬 컸고 피부는 까무잡잡했지만 아프리카 쪽 사람은 아닌 듯했다.

머리카락은 사정없는 곱슬머리였고 입술은 도톰했다.

'분위기 한 번 고약하네.'

전체적으로 공터에 쫙 깔리는 분위기는 서로가 서로를 찜쪄 먹겠다는 심산인 듯 피냄새가 진득하게 풍겼다.

파바밧.

나와도 시선이 마주쳤다.

용 대인의 수하들에게만 총구가 향해진 것은 아니었다.

덤으로 나까지 요리할 기세다.

눈에 보이지는 않지만 한참 귀신 놀이를 하는 중인 스승님 덕에 이 상황이 두렵지는 않았지만 썩 유쾌한 분위기는 아니었다.

"가유창 아저씨!"

'아저씨?'

예린의 어깨에 쓰러지다시피 안겨 있던 왕화령이 언제 정신을 챙겼는지 일단의 무리 쪽을 향해 소리쳤다.

아무래도 가장 선두에 나와 선 까무잡잡한 사내를 향해 외친 듯했다.

사건 현장(?)을 면밀히 살피던 남자의 시선이 화령에게 멈추더니 입가에 미소가 번졌다.

"화령아, 괜찮느냐?"

"왜 이제 오셨어요! 차이나타운에서 아저씨 이름만 말하면 아무 일 없이 안전하게 시간을 보낼 수 있다고… 흑흑, 미워요!"

"하하, 미안하다. 일이 어떻게 이렇게 됐는지… 미안하구나."

가유창은 화령의 울음 섞인 듯한 말에 호쾌하게 웃음을 터뜨렸다.

'진짜 피도 눈물도 없는 사람이다.'

그러나 가유창이라는 자도 웃고는 있었지만 진심이 느껴지
지는 않았다.

말 그대로 자신들의 목적을 위해 유지하는 관계 정도로 화
령과의 개인적인 인연 따위는 그렇게 중하게 여기지 않는 눈
치였다.

"어, 어떻게 된 것이오……. 용 대인께서는……."

당유방이 입을 열었다.

개가 주인을 찾는 형국이었다.

저벅저벅.

가유창이 당유방을 향해 다가갔다.

"네가 당유방이더냐?"

"그, 그렇소이다……."

쇄액.

퍼어억!

"컥!"

콰다다당.

대답하기 무섭게 무식한 일격이 당유방의 입을 정통으로 후
려쳤다.

'으…….'

쌍코피가 제대로 터졌다.

뿐만 아니라 아구창 옥수수도 우수수 털렸다.

물론 불쌍하다는 생각 같은 것은 애초 들지도 않았다.

불과 몇 분 전까지만 해도 나를 비롯한 친구들의 목숨을 가

지고 장난질을 쳤던 자다.

"용정청에 대한 걱정은 마라. 지금쯤이면… 캘리포니아의 넓은 바다 속에서 자유를 만끽하고 있을 것이다."

"허억……."

"놀라기는~ 화룡회을 농단한 네놈 죄 또한 가볍지 않다. 이미 회에서 명이 내려왔다. 용씨 가문은… 오늘부로 멸문지화의 형을 언도받았다."

'끝났네.'

화교들 뒤끝이 장난 아니라던 말이 사실인 듯했다.

왕사장과 나를 묶어 노리던 용 대인의 최후 소식을 여기서 듣게 될 줄은 몰랐다.

그것도 미국 땅까지 와서 목숨을 잃었으니 그간 지은 죗값을 이렇게 치루고 가는 듯했다.

"모두 끌고 가라!"

"명!"

달리 반항을 하려는 자들은 보이지 않았다.

"사, 살려 주세요……. 전 시키는 대로 했습니다."

"유주무주 고혼들이여… 부디 노여움을 푸소서……."

바들바들.

가문의 수장이었던 용 대인의 최후가 어떠했다는 소리를 듣고 난 뒤 그의 수하들은 길을 잃은 듯했다.

귀신놀이는 양 도사의 수법인 줄은 모르고 넋이 반쯤 나가 있었다.

하지만 원로들이란 자들은 의연한 태도를 보였다.

"네가… 강민이구나."

가유창이 중국말이 아닌 영어로 물어왔다.

"그렇소."

서로 피차 알아봐야 불편한 인연이었다.

그의 몸에서 은근히 풍겨나는 피 냄새를 가까이에서 맡고 싶지 않았다.

"저건… 네 짓이냐?"

약 10미터 전방에 흩어져 있는 총기 파편들.

"궁금해 하지 마시오."

보아하니 스승님은 굳이 모습을 드러낼 마음이 없는 듯했다.

괜히 서로 건드려 봐야 피곤해진다는 것을 알고 있는 것이다.

"소문처럼 대단한 녀석이구나."

'…?'

폼은 있는 대로 잡고 서서 나를 추켜세웠다.

가유창의 눈에는 죽음을 두려워하거나 하는 기색이 보이지 않았다.

세상 살면서 가장 경계해야 할 눈빛들 중 하나였다.

저승사자를 앞에 세워두고도 반말을 찍찍 뱉을 정도의 간담을 소유한 자들.

"오늘 일은 서로 없었던 일로 합시다."

피식.

"물론이다. 오늘 본 건 잊어라."

"그럼… 이만 가도 되겠소?"

"…원하는 대로."

"화, 화령아 괜찮은 거야?"

타다닥.

지금껏 어디에서 숨죽이고 있었는지도 모를 혁찬이 후다닥 달려 나갔다.

여전히 예린의 팔에 의지해 축 처져 있는 왕화령.

몸을 살짝 일으키며 혁찬에게 손을 내밀었다.

"물론이지~ 이깟 일에 기죽을 왕화령이 아니야."

3년 동안 해바라기처럼 예린을 바라보던 녀석은 어디 가고 왕화령부터 챙기는 장혁찬.

"화령아, 다음에 보자꾸나."

"네~ 감사합니다!"

"가자."

"명!"

용 대인의 수하들 손목에 하나같이 수갑을 채우고 끌고 나 가는 가유창 무리.

"다음에 경기장에서 보도록 하지. 후후."

뜻 모를 말을 내뱉은 가유창은 웃음을 날렸다.

'…봐도 아는 척하지 맙시다.'

"어서 가!"

퍼억!

걸음이 굼뜬 용 대인 수하들의 움직임에 거칠게 몰아붙이는 가유창의 수하들.

이곳에서 끌려 나가는 그들이 어떻게 될지는 알 수 없었다.

아니 관여할 가치가 없었다.

정황을 보니 화교들 간에 이권다툼으로 벌어진 전쟁인 듯싶었다.

그들만의 해결 방법으로 잘 마무리 지을 것이다.

분명 위험한 상황이었음에도 화령 또한 이 분위기를 두려워하는 눈치는 아니었다.

'예린아……'

다만 예린이만이 복잡 미묘한 눈빛으로 나를 바라보고 있었다.

사건에 휘말리기 전과 분명히 다른 눈빛.

뭔가를 제대로 결심한 듯 보였다.

'집으로 어서 오너라~ 나 아직 밥 안 먹었다~'

'으헉!'

그때 귀청을 때리는 목소리.

신선학교 동기동창생이라도 되는 양 염라대왕도 안 잡아가고 귀신도 아는 체를 하지 않는다는 양 도사.

잠깐 사이에 깜빡 잊고 있었다.

'집? 우, 우리 집을 알고 있단 말인가!'

조금 전 총을 든 용 대인 부하들 앞에서 느꼈던 공포와는 맛이 다른 공포가 엄습해 왔다.

등골에서 식은땀이 줄줄 흘러내렸다.

어떤 모습인지 확인하지 못한 상태였지만 분명 내 주변을 맴돌고 있을 양 도사.

집이 어느 집을 말하는 것인지 결코 확인하고 싶지 않았다.

'아! 하늘이시여……'

나는 절로 고개를 뒤로 꺾어 무성히 별빛만 반짝이는 하늘을 우러렀다.

이 시간까지 밥도 먹지 않고 있다는 것 자체가 또다시 시작될 나의 시련을 암시하고 있었다.

'젠장……'

제7장
자신만의 등불

"꺄아악! 단비야! 넌 영원한 나의 우상이야!!!"

은다혜가 손단비를 향해 달려들었다.

덥석.

드디어 경기가 끝났다.

LPGA 대회 중 최상위를 차지하는 US 여자 오픈 대회.

마지막 코스에서 기적적으로 역전승을 끌어냈다.

손단비의 벙커 샷에 기가 눌린 청야.

자신만만하던 5미터 퍼팅에 실패하고 넋을 잃었다.

손단비가 벙커 안으로 들어간 직후까지 단연 자신만만한 미소를 짓고 있던 청야.

벙커 샷이 홀컵으로 단번 빨려 들어가자 그 자리에 주저앉고 말았다.

프로 골퍼들에게 있어서 실력 못지않게 중요하게 관리돼야 하는 부분이 멘탈이었다.

나흘이나 펼쳐진 대회 동안 평정심을 유지하고 평균 타수를 일관성 있게 끌고 간다는 것은 쉬운 일이 아니다.

운이 따라줘 앞선 선수를 따라잡았다고 하더라도 이기고 싶은 욕망이 더해지면서 자기 페이스를 잃고 흔들리기 일쑤.

그 순간 웬만한 멘탈을 소유하지 않고는 게임 오버가 되었다.

그런 이유로 경기 중 마음을 잡기 위해 표정의 변화를 전혀 주지 않고 무표정으로 일관하는 선수들이 많았다.

"다혜야, 고마워. 다 네 덕분이야."

싱긋.

야간까지 이어진 경기인만큼 한밤의 축하 파티가 마련되었다.

트로피를 받고 전통에 따라 워터 헤저드에 몸을 담갔다 나온 손단비.

자리를 뜨지 않고 있던 갤러리들의 환호를 한 몸에 받으며 승리자의 여유를 만끽했다.

반면 마지막 18홀까지 자신이 우승할 것을 거의 확신했었던 청야.

전화 한 통을 받고 난 뒤 낯빛이 새파랗게 질린 채 경호원들과 함께 서둘러 사라졌다.

매너로 시작해 매너로 끝나는 스포츠라고 해도 틀린 말이
아닌 골프 대회.

청야의 비매너적인 행동을 두고 여기저기 말이 나오고 있었
다.

그런 그녀의 뒷모습을 보며 스스로 부끄러워 자리를 피한
것이라고 단비는 생각했다.

지난 나흘 동안의 시간.

아니 강민과 대면한 그날 이후부터 개인치 못했던 마음의
짐을 이제는 다 가볍게 털어낼 수 있을 것 같았다.

'당당하게… 민이를 만날 거야.'

더 이상 오해나 진실 따위가 문제되지 않았다.

지난 3년 동안 그 어떤 약속도 없이 희망과 그리움으로 버텨
온 시간들.

헐값으로 매도하기에는 단비가 지켜온 마음이 꽤나 크고 아
렸다.

"정말? 호호. 아닌 것 같은데~ 사실대로 말해 봐? 뭐야, 뭐
야?"

은다혜 눈에도 단비는 아침 경기 때 얼굴과 많이 달라 보였
다.

이렇게까지 활짝 웃는 단비의 모습을 얼마 만에 보는지 기
억도 나지 않았다.

그녀를 바라보고 있자니 절로 기분이 밝아질 정도였다.

은다혜는 한껏 들뜬 기분으로 단비의 팔짱을 꼈다.

"무슨 기분 좋은 소식이라도 있는 거야?"

"없어."

"에이~ 귀신은 속여도 이 친구는 못 속인다니까~ 말해봐~ 궁금하단 말이야~"

은다혜는 단비가 속으로 어떤 결심을 했는지 말하지 않아도 괜찮았다.

중요한 건 예전과 다르지 않은 단비의 모습이 보이고 있다는 것.

살살 장난을 치는 은다혜를 받아줄 만큼의 여유도 보였다.

단비의 편안해진 마음 상태가 그대로 전해지는 듯했다.

"아니야~ 그냥 기분이 좋아. 밀린 숙제를 끝낸 기분이랄까?"

"대회가 힘들었지? 아! 부럽다~ 나도 언제 LPGA에 진출해 보니~"

"잘 할 거야. 그때 우리 같이 다니자."

"싫어! 내가 미쳤니? 단비 너와 같이 다니면 난 언제나 2인 자잖아!"

단비와 함께 경기에 나갈 수 있다는 생각만으로 기분이 좋아졌다.

괜히 뾰로통한 모습으로 대꾸했지만 다혜의 눈빛은 단비의 대한 애정을 그대로 보여주고 있었다.

긴 일정을 마치고 락커룸을 빠져나왔다.

"단비야."

마침 바깥에서 대기 중이던 경호원들 사이로 한 남자가 모습을 보이며 다정하게 단비의 이름을 불렀다.

"아, 아빠!"

'아빠? 이분이 단비 아버님?'

"수고했다. 오늘 경기 아주 멋있었다."

"보, 보셨어요?"

"물론이지. 아빠는 지금껏 단 한 번도 네 경기를 놓친 적이 없어."

"아… 빠…….."

순간 손단비의 두 눈에 그렁그렁 눈물이 고였다.

대한민국의 국민임을 인식하라고 한국으로 등을 밀어 보냈던 아버지 손성한.

따뜻한 말을 먼저 건네기보다 강한 정신력을 요구했던 사람이었다.

늘 단비를 향해 세상에 나가 그 어떤 것이든 쟁취해내는 인생의 투쟁가가 되라 주문했던 손성한.

아버지 손성한의 말 한마디가 그간 단비 마음에 남아 있던 서운함을 봄눈처럼 녹여냈다.

미국에 들어와서도 얼굴 보기가 하늘의 별따기만큼 힘들었던 부녀.

언제나 일과 강의 때문에 바빴던 아버지였다.

사춘기 시절부터 떨어져 지냈던 손단비는 늘 마음 한쪽이 허전했다.

그 긴 시간 동안 쌓였던 오해들이 아버지의 한마디로 이렇게 쉽게 풀릴 수 있다는 게 놀라웠다.

오해란 것은 결국 풀리기 위해 쌓이는 것이었다.

"안녕하세요~ 단비 친구 은다혜라고 합니다!"

은다혜가 손성한을 향해 씩씩하게 인사를 했다.

"알고 있네. 단비가 힘들 때 많이 도와줬다고 하던데 정말 고맙다."

은다혜에 관해서는 이미 알고 있는 듯 편안하게 인사를 받았다.

자신이 발견한 특유의 수학 알고리즘을 통해 IT 기업을 창설하고 미국 100대 기업에 당당히 선정된 사업가.

오늘은 자신을 에워싼 모든 수식어를 다 떼어놓고 손단비의 아버지로서 여기 서 있었다.

"그럼 아버님~ 맛있는 저녁 사주세요~"

"하하. 그러려고 왔단다."

"정말요?"

"물론이지. 사랑하는 딸과 그 친구를 만났는데 그냥 넘어가면 안 되지."

단비는 내심 놀라고 있었다.

장난스러운 표정까지 지으며 은다혜와 자연스럽게 대화를 나누는 아버지.

낯설기도 했지만 마음이 한없이 편안해지고 있음을 느꼈다.

참으로 오랜만에 느껴보는 아버지의 사랑이었다.

나흘 동안이나 이어진 경기 끝에 모든 피로가 한꺼번에 사르르 녹는 듯했다.

"단비야, 뭐해~ 아빠 팔짱 끼고 식당으로 돌격하자. 지금 마음 같아서는 황소라도 한 마리 다 구워 먹을 것 같아."

눈치 빠른 다혜가 단비와 손성한 회장의 팔을 끌어당기며 찰떡같이 붙였다.

한국에 머물 때에도 간간이 아버지 얘기만 나오면 인상이 어두워지던 단비였다.

딸은 성숙한 여인이 되어서도 아버지 앞에서는 언제나 소녀같을 수밖에 없었다.

단비라고 해서 다르지 않았다.

"가자~ 사랑하는 우리 딸~ 그리고 귀여운 친구~"

"감사해요~ 아버님~ 호호."

아버지와의 사이가 돈독한 은다혜가 허물없이 손성한의 나머지 팔을 끌어안았다.

"단비야~ 아빠 모셔야지~"

"응……."

다혜의 모습에 단비도 손에 힘을 실었다.

얼굴이 사르르 붉어지며 아주 오랜만에 아버지의 팔을 잡아보고 있었다.

스윽.

팔을 감고 넘어온 단비의 손등을 부드럽게 감싸는 손성한.

어릴 때 만져주고 쓰다듬어주던 아버지의 손이 아니었다.

세월을 이길 수 없는 거칠고 주름진 손바닥이 단비의 손등에 고스란히 전해졌다.

순간 단비의 가슴이 싸하게 아려왔다.

'아빠……'

온 마음을 다해 불러보는 이름.

하늘 아래 그 무엇도 부럽지 않은 이 순간.

아버지의 든든한 사랑이 그녀의 빈 가슴을 충만하게 채워주고 있었다.

치이이익 치이이이익.

화르르르르르르르.

타다다다다닥.

'으으으! 도대체 이게 무슨 일이야!'

도깨비에 홀려도 정신이 이렇게 쏙 나가지는 않을 것이다.

바로 직전 생사 경계에 서 있다 지금은 허리에 에이프런을 질끈 두르고 칼질을 하고 있으니 인생은 살다가도 모를 일이 분명했다.

나는 대형 프라이팬에 숭덩숭덩 썬 고기를 던져 넣었다.

"호호~ 스승님~ 정말 100년 넘게 사셨단 말씀이세요? 100살이라니… 믿어지지 않아요~"

"허허~ 100살이라니! 나이는 본시 숫자에 지나지 않느니."

"네네! 사실 하계신선루를 처음 봤을 때부터 정말 뵙고 싶어요~ 자연과 벗 삼은 안빈낙도의 청정한 삶을 즐기시는 스승님이 존경스러워요."

'와아! 유예린… 저런 식으로 배신을……'

차이나타운에서 있었던 일들을 그새 잊어버린 걸까.

총구가 머리통을 겨냥하고 있었던 순간이 먼 과거 어느 날도 아니고 바로 몇 시간 전 일이다.

웬만한 남성들도 그 상황이라면 오줌을 지리거나 나갔던 혼을 챙겨 정신을 추스르기에 바쁠 상황.

하지만 예린이는 아무 일도 없었다는 듯 양 도사와 마주앉아 꿍짝꿍짝 죽이 잘 맞았다.

화령이 빠졌지만 그녀도 예린과 다르지 않았을 것이다.

다행히 왕 사장의 전화를 받고 보디가드들의 호위를 받으며 돌아갔다.

용 대인의 부하들 역시 가유창의 손에 끌려간 것까지 확인했다.

너른 공터에 남은 사람은 나와 예린이 그리고 혁찬뿐이었다.

눈치를 보아하니 그때까지만 해도 예린과 혁찬은 눈앞에서 벌어진 영화 같았던 순간을 현실로 받아들이기 위해 애쓰는 듯했다.

나는 그들과 다른 두려움에 차 스승 양 도사를 찾았다.

사건 현장이 파장 분위기임에도 끝까지 모습을 드러내지 않았던 양 도사.

가유창의 손에 끌려 나가던 용 대인의 부하들은 양 도사가 한 짓이 귀신의 짓거리인 줄만 알고 끝까지 고개도 들지 못하고 끌려갔다.

다만 뭘 아는 장료와 그 휘하들의 낯빛은 허옇게 질려 허공섭물 어쩌고 어검술 어쩌고 하며 읊조렸다.

가유창은 경계심을 보이며 사방을 살폈지만 본능적으로 뭔가 낌새를 챘을 뿐 별다른 반응은 보이지 않았다.

복잡한 눈빛으로 끝까지 나를 노려보다 자리를 떴다.

그 직후.

뿅 하고 그분이 모습을 드러냈다.

소리도 냄새도 없이 웃음을 띤 얼굴에 내 등 뒤쪽에 존재감을 드러낸 스승 양 도사.

터억!

바로 무릎을 꿇었다.

일단 그렇게 하는 것이 신상에 좋다는 것을 몸이 먼저 알고 있었다.

내가 세상 산 세월은 고작 20년.

아무리 20년을 통틀어 몸에 좋다는 약 먹으며 내공을 수련했다손 치더라도 100년 동안 설악산에 빨대 꽂고 살아온 양 도사에게 일초지적도 힘들었다.

스스로 본인의 존재 여부를 드러내지 않으면 파악도 되지 않았다.

등골이 식은땀으로 다 젖고 다리는 이미 풀려 후달리다 알아서 무릎이 꺾였다.

괜히 척추 세우고 있다가는 친구들 앞에서 개망신 당할 게 뻔했다.

"스승님!!!"

요즘 말로 6.25 피난 행렬은 난리도 아니라는 말처럼 내 정신 상태는 이미 폭풍우 치는 밤 날벼락 무서운 줄 모르고 집 나간 개꼴이었다.

순간 머릿속을 휙휙 지가는 설악산 탈출기.

편지 한 장 써놓지 않고 예린이와 도주했었다.

설악산에서 평생을 묵은 양 도사가 태평양을 건너 미국 땅까지 나를 찾아올 거라고는 감히 상상하지 못했다.

미국 입국 시스템이 민증도 없는 노인을 받아줄 만큼 허술할 리 없으니 말이다.

하지만 내가 상상한 것 이상의 능력을 가진 양 도사.

꿈에서도 피하고 싶었고, 죽어서도 결코 스치고 싶지 않았던 설악산 사기꾼을 다시 만나고 말았다.

물론 등장은 멋있었다.

중국 화교들이 즐겨 입는 평범한 화복을 입고 나타나니 마치 중국산 도사 같아 보였다.

좀 더 하얗게 센 머리카락은 바람에 흩날렸고 신비한 미소를 짓고 있는 모습은 처음 양 도사를 만났던 그날의 기억을 다시 떠올리게 했다.

지금 생각해도 그 얼마나 멋있었던가.

예린과 혁찬의 반응 또한 당시 내 반응과 크게 다르지 않았다.

거짓말 안 보태고 양 도사 주변으로 성령의 오라와 같은 광채가 쫙~ 퍼졌다.

삭막한 현대 사회를 살아가고 있는 영혼이 빈약한 청년들에게 신비주의가 먹힌다는 것을 기막히게 계산한 것이다.

등장부터 예린과 혁찬의 시선을 사로잡았으니 나로서는 더할 말이 없었다.

서로 알만한 양 도사와 나만이 두 사람의 시선을 의식해 조심할 뿐이었다.

"사랑하는 제자야~"

역시 부드러운 음성으로 꼬랑지를 바짝 말고 고개를 처박고 숨을 죽이고 있는 나를 불렀다.

놀라운 것은 그간 내가 겪어온 양 도사는 나의 뒤통수를 한 대 갈기고 시작한다는 것.

사탕 바른 듯한 음성이 먼저 나오는 것이 믿기지 않았다.

그러나 철저하게 이중적인 가면을 쓰고 100년을 살아온 희대의 사기꾼에게 다시는 속고 싶지 않았다.

표정 관리 하나는 끝내주는 양 도사는 신실한 신도를 다시 취하는 듯한 모습이었다.

"…세, 세상에 단 한 분뿐이며… 존귀하고 보배로운 스, 승님!"

쿵! 쿵!

더 바짝 머리를 조아렸다.

이런 나를 어떻게 대하느냐에 따라 양 도사의 체신은 바닥에 떨어질 수도 있었다.

설악산에서 튀어 미국 땅까지 와 있는 나를 잡으러 왔을 시에는 무단 교육장 이탈 죄 이상의 죄질을 묻겠다는 심산일 게 빤했다.

대한민국 어느 곳에 처박혀 있었다면 최소 전치 4주 정도를 웃도는 상해 수준에서 끝났을 것이다.

폭력 행사가 교육을 빙자해 수시로 가해졌지만 매달릴 곳이 없었다.

설악산에서는 무소불위의 대장 노릇을 하고 있던 양 도사.

하물며 귀신들도 양 도사 눈치를 보며 설악산 음지에 머물 정도였으니 뭐 할 말이 더 있겠는가.

각종 주봉 산신급 레벨들도 처지는 마찬가지여서 서로의 영역을 돈 터치했으니.

산중에서도 가장 만만하게 취급하던 제자가 튄 사건.

일언반구 없이 사라져 버렸으니 눈이 뒤집어져도 여러 번 뒤집어졌을 양 도사.

오죽 분을 삭이지 못했으면 태평양을 건널 생각을 하였을까.

심장이 벌벌거렸다.

양 도사에게 당해보지 않은 사람은 감히 상상도 할 수 없는 공포가 밀려왔다.

천상계에서 널리 인간을 이롭게 하라는 명을 받들고 내려온 옥황상제의 스물일곱 번째 아들이 갖춘 자상, 고아, 품위, 인격적인 미소를 다 고루 갖추었으나 성품만은 전혀 딴판인 양 도사가 아닌가.

황송하게도 뜨뜨미지근한 손길로 나를 일으켜 세워주었다.

밤새 잘 자고 새벽에 도살장으로 끌려가는 황소의 심정이 이러할까.

손바닥 한 번 잘 못 맞으면 평생 누워 깡통을 옆에 끼고 다녀야 할 신세가 되는 것이다.

양 도사의 손길에서 올올이 느껴지는 수많은 감정들.

쳐? 말아? 죽여? 살려?

손에서 반복적으로 전달되던 양 도사의 사악한 감정의 소용돌이가 지금도 온몸을 오싹하게 죄어 왔다.

그때 조금만 더 양 도사가 내 어깨를 잡고 있었다면 쪽팔리게 오줌을 쌀 뻔했다.

'다 계획된 무엇이 있었던 게 분명해!'

<u>화르르르르르.</u>

내 마음을 대변이라도 하는 듯 가스 불꽃이 화르르 타올랐다.

양 도사의 겉모습에 매료된 채 속는 줄도 모르고 좋아하는 혁찬과 예린이.

가슴이 한없이 답답하고 숨이 목구멍을 틀어막는 듯했지만 내가 어떻게 할 수 있는 게 없었다.

나의 스승님이라는 이유 하나만으로 깍듯하게 스승님 스승님 하며 고개를 숙이는 두 사람.

예린과 혁찬의 두 눈이 진심임을 안 양 도사가 흔쾌히 집에 가서 회포나 풀자며 인심을 썼다.

정신이 번쩍 들었다.

시시각각 피부에 와 닿는 가상의 공포와 현실에서의 충돌.

분명 나의 거처를 두고 한 말 같았지만 아주 대놓고 자신의 집인 양 말을 건넸다.

긴 말을 할 수 있는 상황도 아니었고 멍청한 혁찬과 미련한 예린은 스승님의 신비한 후광에 눈이 멀어 존경 가득한 눈빛으로 양 도사 뒤를 따랐다.

언제 알아뒀는지 대형 슈퍼에 들러 장까지 봤다.

양 도사의 걸음이 방향을 틀 때마다 머릿속에서는 아직 밥을 먹지 않았다는 말이 쇠사슬처럼 나를 죄어왔다.

분위기가 이 정도 되면 알아서 기어야 했다.

양 도사가 눈앞에 나타난 이상 미국 땅이라고 달라질 건 없었다.

"스승님~ 안마해 드릴까요? 제 손이 보기보다 약손이에요~"

'아, 안마!'

갑자기 예린이가 안마를 해주겠다고 양 도사 옆으로 바짝 다가갔다.

여자들은 다 타고난 불여우라고 하더니 빈말이 아니었다.

"허허허, 그래? 그럼 공짜로 받을 수는 없고… 내 뭘 해주면 되겠누."

"호호, 스승님~ 괜찮아요~ 제가 해드리고 싶어서 그런 걸요~"

아주 두 사람의 대화가 가관이 아니었다.

누가 보면 집안 할아버지와 손녀 정도로 착각할 판이다.

"아니지~ 그럼 네 사주 풀이나 한 번 해볼까?"

"정말요? 저 그런 거 엄청 좋아해요!!!"

나를 대할 때와는 생판 다른 모습을 보이는 양 도사.

돈 받고 쓰던 인심을 아주 그럴싸하게 풀어먹고 있었다.

늘그막에 젊은 처녀의 손바닥을 조물락거리는 양 도사의 시커먼 속을 나 말고 누가 알겠는가.

"오오! 손이 아주 약손이구나. 기가 짱짱하고… 그래, 뭘 해도 잘 먹고 잘 살 팔자니라."

"호호, 정말 그런 게 다 보여요? 스승님~ 고맙습니다~"

'으으으.'

양 도사의 저런 멘트를 한두 번 듣는 게 아니었다. 허구한 날 아주머니들의 손바닥을 펴놓고 똑같은 말을 하루에도 수십 번 하고 다녔던 양 도사.

설악산을 벗어나 미국 땅까지 와 같은 소리를 듣고 있으려니 배알이 뒤틀리는 듯했다.

"어째 생년월일시가 어찌 되는고?"

"네~ 음. 병자년… 음력 3월 1일에… 오전 8시 전후에 태어났다고 합니다~"

"그래? 요즘 애들답지 않게 잘 알고 있구나……. 그럼 진시 생이렸다."

"아버지께서 본인이 태어난 사주는 알고 있는 것이 맞다고 하시며……."

"그렇지. 본인의 태어난 사주를 정확하게 알고 있다는 것은 근본을 아는 것과 같고 세상사는 이치를 깨닫는데 큰 도움이 되지……. 훌륭한 부친을 두었구나……."

주방에서 혼자 사투를 벌이는 나와는 상관없이 여유롭게 시 간을 보내고 있는 거실의 풍경.

처음 듣는 예린이는 호기심에 잔뜩 흥분한 눈치였지만 양 도사의 사주 풀이란 것이 다 거기서 거기였다.

말만 살짝 바꿔 그럴싸하게 포장하는 언변술에 가까운 개사 기였다.

"병자년 3월생이면……."

양 도사의 속성 사주 풀이가 본격적으로 시작됐다.

두 눈을 지그시 감고 풀어내는 양 도사만의 사주 풀이.

보통 역술가들과 다른 건 종이에 끄적이거나 컴퓨터 같은 것을 사용하지 않는다는 것이다.

설악산에서도 언젠가 한 번 무슨 원리로 사주를 그렇게 풀 어내는지 물었지만 들은 대답은 영업 비밀이라고 했다.

단지 오래 살다 보면 다 알게 되는 이치라고만 했다.

"…사람은 본시 하늘과 땅 사이를 잇는 존재로… 이 세상에 공평하게 태어나는 법……."

"네?"

"착한 자는 다른 사람 눈에 보기에 곱고 좋아 보이나 착하다는 그 마음을 유지하기 위해 괴로움과 싸워야 하는 법. 돈 많은 자는 그 재물을 얻었으나 지키는 데 없는 자보다 더한 애를 쓰고 잃을까 두려워해야 하고 반면 가난한 자는 잃을 게 없어 도적질 당할 걱정 없으나 그 빈궁함이 극에 달하니 고통의 바다를 헤매는 법이니… 이 어찌 공평하지 않다 하리……."

예린의 안마를 받으며 조용히 눈을 감고 중얼중얼 되는 대로 내뱉는 양 도사.

그것이 뭐 대단한 우주의 법칙을 빙자한 사주 풀이라도 되는 줄 알고 예린이는 귀를 쫑긋 세웠다.

설악산에서도 평상에 앉아 심심하면 나를 앉혀놓고 주입하던 세뇌 교육 텍스트 중 하나였다.

예린이와는 좀 다른 풀이를 해주었지만 나에게도 비슷한 뉘앙스의 사주를 말해 주었다.

내가 머리가 뛰어나고 다른 이들보다 좀 더 특별한 스승을 만난 것은 부모를 일찍 여읜 나를 하늘이 불쌍히 여겨 보상으로 준 기회라 했다.

다 틀린 말이라고는 생각하지 않는다.

아직도 보육원에 있었다면 지금의 나는 없었을 것이다.

스승님의 덕이 없다고 말할 수는 없었다.

물론 양 도사의 말대로 머리가 타고 났으니 그것을 기반으로 열심히 공부했다면 좋은 대학 나와 의사나 판검사 혹은 또

다른 그럴싸한 명함을 달고 살고 있을 것이다.

"네 사주를 보니 오행의 기운이 막힘없이 통하는구나. 가택이 금을 깔고 앉은 자리라……. 금이란 본래 그 성질이 다른 것보다 강해 정직함을 의미하느니라. 여덟 번째 방으로 천간에 올라 있으니 홀로 총총히 빛나는 별이라 할 수 있다. 이것은 또 무엇을 말하느냐……. 머리 위로부터 누구의 지시를 받기보다 스스로 무리를 끌고 나아가는 운명으로 첫머리 시작을 말하느니라."

양 도사의 말을 가만히 듣자니 그간 내게 한 말과 사뭇 다른 얘기들을 하고 있었다.

나 또한 수련을 하며 많이 들어왔던 익숙한 말들이라 대충 들으려 했으나 감이 좋았다.

이런 귀한 공부는 따로 시간을 내서도 하기 어려운 법.

귀를 기울였다.

대신 예린이는 다 알아듣는 것 같지는 않았고 그냥 좋은 말인가 보다 하는 눈치다.

"너는 금을 깔고 앉아 머리에 작은 토를 이고 있는데다 큰 물자리를 본자리로 하고 태어났구나. 자칫 어설픈 사주쟁이들은 토와 수가 극한다 하여 좋지 않은 명운이라 하겠으나 이는 가극이라 그 영향력이 십분의 일도 되지 않는다. 게다가 금이 모습을 감추고 있으면서 겉으로 드러난 것들을 무너뜨리게 되는 반면 머리 위 토가 본바닥인 금으로 생해 주니 더할 나위 없이 좋은 기운이 아닐 수 없다. 태어나기를 이리 좋은 가택을 얻어 왔으니… 너는 다른 이들이 취할 수 없는 부귀영화를 누릴 운명이었구나."

'오! 역시 오성 그룹 딸은 아무나 되는 게 아니었어!'

척 봐도 잘나가는 집의 막내딸이니 오죽하겠는가.

양 도사가 빈말을 했을 리는 없고 앞뒤 짜 맞춘다 해도 저렇게 그럴싸하게 풀어놓은 적이 없는 것으로 보아 진짜일 것이다.

"또한 삼살과 삼형의 천형이 없으니… 다른 이들과 다툼할 업도 없겠구나."

'예린이가 사람은 좋지…….'

고등학교 재학 시절에도 카리스마로 반 아이들을 자신에게 끌어들인 예린이었다.

"그러나 너는 태어나길 여자로 태어났으니 머리 위 천반을 남편으로 보아야 한다. 고로 물이 나를 의미하니… 사람이 살다 보면 은은한 불화는 끊이지 않는 법……. 또 큰물이 아니니 남편에게 큰 영향을 미치지는 않을 것이며 부부지간이 화목하지 않을 수 없구나. 네가 살면서 감춰진 금의 회동을 잘 다스리기만 한다면… 모든 것이 너에게 다시 돌아올 것이다. 즉, 남편을 받들어 조금만 기를 살려주어도 모든 것이 너의 것이 되느니라."

'누군지 몰라도 땡 잡는군.'

예린이의 미래 남편이라면 오성 그룹 계열사 하나쯤은 차고 들어앉는 것이다.

게다가 예린이가 고개 숙이고 들어가 기를 살려준다면 천하를 더 얻는 기분일 텐데 말이다.

"다른 사람은 몰라도 예린이 너는 잘 알 것이다. 큰 물자리에 앉은 자는 본래가 지혜로우며 배움을 좋아하고 탐구정신이 강하다는 사실을 말이다."

"네……. 스승님, 맞습니다."

"직업은… 구성론으로 보자면 넌 천심성(天心星)의 기운을 타고 났구나. 천심성은 서북방의 금성으로 아주 길한 별이다. 기예를 관장하기도 하니 자칫 시명(時命)과 승하지 못하면 기공이나 악공으로 살 팔자니라. 악기를 아주 잘 다루고 악기와 함께 하면 마음이 편안하지 않느냐?"

"마, 맞습니다……. 어릴 적 꿈이 세계적인 피아니스트였어요."

'…?'

예린이에게 저런 면도 있었다니 나는 미처 알지 못했다.

양 도사의 말이 다 참말이라면 부럽기만 한 사주였다.

"하나 넌 악공으로 살 팔자가 아니니라. 보통 사람들이 그렇다는 것이지 너는 본래 타고난 가업을 이을 수 있는 완벽한 복이 주어졌다. 인간관계나 생업적인 면을 보는 팔문(八門)을 봐도 앞 개문(開門)이 열려 있느니라. 이는 개인 사업을 하거나 경영하는 일에 꼭 필요한 문으로 여러 사람들의 말과 의지를 열린 마음으로 경청하는 중요한 성품이다. 재(財)궁에 들면 흉문이라 하겠으나 너처럼 본바닥 문으로 있을 때는 이보다 길한 게 없느니라."

'이야……'

뭐 하나 나쁘다고 할 만한 게 없었다.

양 도사가 처음부터 쭉 칭찬만 한 사주풀이는 처음 듣는다.

나에게 해준 말은 고작 조실부모하고 여난이 심해 힘들게 벌어도 줄줄 새는 형국이라 했다.

"그리고 팔문을 뒷받침해 주는 팔괘(八卦)의 운을 보니 사중유혼(四中遊魂)이라. 앞의 팔문이 길하니 당연히 이 또한 길하게 갈 수 밖에 없고… 초년 운에 들었다……. 중년 이후에 들어오는 걸로 보아 별다른 직업이나 이혼, 이동수도 없고… 네 태어난 바닥에서 아주 편안하고 즐겁게 한생 살 팔자니라."

'오성 그룹을 통째로 예린이가 삼킨다 해도 문제가 없겠군.'

사랑을 좇아 도피남이 되어버린 유상무에 깍쟁이 같은 언니 하나를 빼면 유예린밖에 인물이 없었다.

이런 판이라면 오성 그룹의 차기 회장은 따 놓은 당상이 아니겠는가.

"자, 다음은… 팔장론(八將論)… 너의 속을 좀 보자꾸나. 태어난 본 자리에 구지(九地)가 보이는데… 욕심이 있구나. 구지가 있는 자는 본래 무게가 있고 침착하며 속을 보이지 않느니… 그럼, 그럼. 사업을 하는 자에게는 꼭 있어야 할 것들이지. 그러나 상대가 누가 되었건 대응하기에는 괴로운 성격이지……."

'예린이… 가 약간 그런 성격이긴 하지……'

겉으로 보기에는 화끈해 보이지만 정작 중요한 것들은 말하지 않는 경향이 있는 예린.

가족들과 함께 있는 것을 봐도 활달한 척했지만 입을 다물고 조용한 눈빛으로 있을 때가 더 자주 눈에 띄었다.

짧지만 학교에서 보았던 그녀의 교우 관계도 마찬가지.

누군가 쉽게 접근할 수 있는 성격은 아니었다.

"네에……."

양 도사의 말을 듣고 있던 예린이 고개를 주억거렸다.

내 귀에는 거기서 거기처럼 들린 사주 풀이들이 정작 양 도사를 찾아온 고객들에게는 딱딱 들어맞는 요상한 일이 많았던 것도 사실이다.

하나같이 입을 모아 양 도사의 사주 풀이가 다 맞다고들 했으니까 말이다.

꼭 그것이 사주만 보고 하는 말이 아니라는 것을 모르는 사람들은 상대의 과거와 현재를 훤히 보는 신통방통한 양 도사의 능력을 눈치채지 못했다.

설악산에서 100년을 넘어 살면서 여태 무사했던 이유가 다 있는 것이다.

"바탕이 좋으니… 전체 운을 한 번 확장시켜 볼까……. 어어~ 거기, 거기 시원하구나."

나이는 숫자에 불과하다더니 100살이 넘어도 팔팔한 영계 손길에 주책바가지처럼 눈을 풀고 있는 양 도사.

"예린아~ 사주나 인생이나 다를 바가 전혀 없느니라. 사주
란 것이 전생부터 쌓아온 업이다 보니 부귀한 집에 태어난 사
람은 그만큼 전생에 업을 많이 닦았다는 증거가 아니겠느냐.
태어날 때부터 어느 밭으로 가게 되는지는 이미 정해져 있다
고 봐야지… 그러나 그것을 불공평하다고 말하는 것은 어리석
은 짓이다. 인간이 정한 것이 아니야……. 하늘이 정한 이치이
니 그것은 죽어서야 확인이 되는 일이지……."

지금 양 도사한 말은 나도 동의했다.

사람이 태어나 쌓은 대로 받는다는 진리만큼 인간에게 희망
을 주는 말도 없겠거니와 알게 모르게 죽은 조상과 나의 업이
함께 꼬이는 것을 부정할 수는 없는 노릇이다.

그게 길다면 길고 짧다면 짧은 운명이 지닌 팔자가 아니겠
는가.

결국 하루하루 쌓인 날들이 내 인생이 되고 오늘의 나를 있
게 한다는 것.

예린이가 오성 그룹의 딸로 태어난 것도 그녀의 업에 의한
것이라 하는데 무슨 말이 더 필요하겠는가.

그간 설악산에서 순전히 말을 하지 않고 지낸 듯 양 도사는
말도 많았다.

"물론 그 보시라는 것은 절대적인 양이 아니라 상대적인 것
이다. 만석지기 부자가 마음도 없는 쌀 열 가마를 가난한 자에
게 적선하듯 내놓는 것과 내일 먹을 것도 없는 가난한 자가 배
고픈 자를 위해 쌀 한 되를 온 마음으로 내놓는 것을 두고 누가

더 큰 복을 쌓아다 말할 수 있겠느냐……."

뜻하지 않게 오늘 하루 이것저것 배우는 게 많았다.

'…위선자… 나한테 좀 그렇게 베푸시지…….'

남의 말 할 것 아무것도 없었다.

본인 스스로 실천하지 못하면서 아무리 그럴싸한 언변으로 포장한다 해도 신뢰를 얻기 힘든 법.

6년 동안이나 나의 등골을 빼 먹고 약초꾼을 만들 심산이 아니었다면 설악산에 그렇게 방치해 둬서는 안 되는 것이었다.

이제는 미국까지 쫓아와 내 머리 위에 대형 탈곡기를 올려놓고 돌리려 하고 있었다.

"스승님, 그럼 예쁘게 태어난 것도 그 업이란 것 때문인가요?"

"물론이지. 어여쁜 꽃을 하늘과 성인들께 공양하거나 고운 마음씨로 사람들에게 미소를 보시한 이들은 다시 이렇게 인간 세상에 날 때 잘생기고 아름답게 나게 되는 법이다. 힘든 이들에게 환한 미소를 보이는 것만으로도 하늘을 감동시키는 선한 행이 되지……. 세상 사는 이치가 이리 쉽건만… 아무것도 보시하지 않고 사는 이들이 많구나. 인생 한두 번 사는 것도 아닌데……."

'다음 세상이 있는지 없는지 알게 뭐라. 오늘 이 순간이 지옥 같은데…….'

이치에 통달하면 저런 말도 쉽게 할 수 있을지는 모르지만 나는 오늘 하루가 숨 막히게 벅찼다.

양 도사에게 웃음 보시는 바라지도 않으니 나를 그만 놓아
달라고 소리치고 싶었다.

화르르르르.

순간 나도 모르게 내공이 주방 불꽃에 강하게 옮겨갔다.

치이이이이이이익 치이이이이이익.

맹렬한 기세로 튀겨지는 탕수육.

이제는 탕수육 소리만 들어도 속이 울렁거리고 이가 갈리는
지경에 이르렀다.

도대체 이 짓을 몇 년째 하고 있는 것인지 몰랐다.

"민아~ 주방이 왜 이리 소란스러운 게냐?"

"아, 아닙니다! 별일 아닙니다!"

양 도사가 내 요동치는 기운을 눈치 못 챘을 리 없다.

나는 순간 화들짝 놀라 재빨리 화기가 번지지 않도록 내기
를 식혔다.

이 순간을 참고 견뎌내야 한다.

'다음에는 어디로 가야 한단 말인가…….'

더 이상 도망갈 곳이 떠오르지 않았다.

"아이고… 좋구나……. 그래, 명운을 좀 풀어 볼까……."

"네… 스승님."

완벽하게 양 도사에게 걸려든 듯 보이는 예린이.

마치 내가 직속 제자가 아니라 예린이가 제자처럼 보였다.

그녀의 목소리에는 양 도사에 대한 공경심이 가득 차 있었
다.

"일수(一水)로부터 시작하여 너의 사주가 펼쳐지니 물은 자연스럽게 진생(眞生)인 팔목(八木)의 기운을 찾고… 통기가 시원하게 물꼬를 트는구나. 음양은 서로 생하니 이를 진생이라 하고 여기에서도 편과 정은 나뉘는 법이니……. 편은 계모와 같아서 도와주더라도 질투를 하는 인연이며, 정인 정관은 친부모와 같아 아낌없이 너를 생하게 하는 인연이다. 너의 태어난 자리의 일수 물은 두문방의 팔목으로 진생하니 아주 좋구나."

'좋구나!'

엿듣는 내 귀에도 시원시원하게 들리는 예린이의 사주.

본래 물은 나무를 생하게 한다.

"손(孫)에서 머문 인연은 다시 또 인연을 찾아 목생화(木生火)를 쫓으니 그때 팔목은 진생인 칠화(七火)로 움직인다. 예린이 너의 사주에는 이 칠화가 두문방 바로 밑 재(財)에 위치해 있으니… 이것을 일러 식신생재(食神生財)라 한다. 알아듣기 쉽게 말하면 태어나서 죽을 때까지 재물이 끊이지 않는다는 말이니라. 자영업을 하거나 장사를 딱 좋은 사주이니라."

'오오오! 그럼 그렇지.'

그간 봐왔던 예린이의 삶이 사주에 다 드러나 있었다.

"그러한 재가 요동을 치며 회동하니 화생토의 이치에 따라 십토(十土)를 찾고… 놀랍게도 너의 운명은 서북방의 건(乾) 자리에 관(官)의 운명인 십토가 떠 있구나. 이 또한 좋은 것이니라!"

참으로 부럽고 잘난 사주가 아닐 수 없었다.

양 도사의 말을 듣고 있자니 예린이의 사주가 눈앞에 아른 거리는 듯했다.

원상통기가 아주 원활했다.

"토의 기운을 품고 있으니 사업을 할 때 부동산에 관한 운도 많겠어……."

예린이는 결국 사업을 해야 하는 운명을 타고난 사람이란 말처럼 들렸다.

뭔가 알고 있는 눈치였다.

'재생관인의 사주까지… 진짜 부럽다.'

"다만 여기서 아쉬운 부분이 있으니 바로 관의 십토가 진생을 찾지 못해 진극을 갈 뻔했다. 하지만 겉으로 드러난 명운에서는 진극의 운명은 떠 있지 않다. 하여 계모와 같은 편관이 중앙의 인수를 향해 그럭저럭 도움을 주는구나. 네 나이 37세부터 45세까지 사업할 때 관(官)과 약간 마찰이 있을 수 있으니 몸조심하고 공손하면 능히 대업을 이룰 수 있을 것이니라."

대업이었다.

보통 사람들 같았다면 부동산 경매를 통해 집장사를 해서 운수대통을 이룰 수도 있었을 것이다.

하긴 예린이의 통이 그 정도에 그치지 않으니 의미 없는 말이 되겠다.

"중앙에 자리 잡은 인수가 쌍인의 운이니……. 허어, 네 사주는 내가 봐도 부러울 정도구나. 아비와 하늘로부터 시기도 없이 아낌없이 복을 수하니… 세상에 두렵고 거칠게 무엇이겠느냐. 화룡점정의 예를 다하여 인아생손의 운도 두텁게 받는구나."

가히 양 도사가 극찬을 아끼지 않았다.

더 이상의 완벽한 사주는 없다는 말과 같으리라.

팔문, 팔괘를 비롯하여 홍국수의 통기까지 귓등으로 들어도 거의 완벽에 가까운 예린이의 사주.

그야말로 하늘이 내린 사업가 팔자가 아닐 수 없다.

이 정도의 사주를 타고 났다면 보나마나 대 오성의 차기 회장은 예린이 확실해 보였다.

"정말 보기 드문 사주를 타고 났느니라. 일반 여염집 자제라면 장사를 해 빌딩 하나 올리는 건 일도 아닐 것이며 사업가의 집안의 손이라면 능히 세계를 휘어잡을 그런 기세가 받쳐줌이니리라."

빠른 곁눈질로 살펴보니 양 도사는 감고 있던 눈을 번쩍 뜨며 예린을 살짝 돌아보았다.

거짓이 아닌 게 분명했다.

예린을 바라보는 양 도사의 두 눈빛이 여느 때 같지 않게 빛났다.

하지만 이내 다시 흥분을 가라앉힌 듯 자세를 바로잡았다.

"가… 감사합니다. 스승님."

"허어, 나에게 감사할게 뭐 있겠느냐. 너에게 주어진 네 인생이거늘."

"스승님의 가르침으로 제가 가야 할 길을 명확하게 알았어요. 그 은혜는 잊지 않겠습니다……."

'뭔가 결심을 했어…….'

예린이가 사뭇 달라져 있음을 나도 알고 있었다.

아마도 오늘 있었던 충격적인 살인 위협으로 인해 심경의 변화를 겪은 듯 보였다.

"변화를 꾀하는 것은 좋은 것이니라. 젊은 힘을 소유한 자들만이 변화를 두려워하지 않는 법. 어부가 노를 저어 가듯 그렇게 젊은 시절을 보내야 하느니라. 그래야…… 죽어서도 후회하지 않는 것이야."

'도대체 당신이 얼마나 생고생을 해봤다고 저런 말씀을…….'

나는 콧방귀를 뀌었다.

하긴 젊은 시절 양 도사 역시 스승으로부터 무지막지한 가르침을 받았다고는 익히 들었다.

나에게 가한 교육 방식의 딱 다섯 배 정도 웃도는 강도였다고는 했지만 어디까지가 진실인지는 알 수 없었다.

세상에 양 도사만 한 사기꾼은 없다는 게 내 생각이다.

"한 가지… 여쭤 봐도 될까요?"

"그래… 결혼운이라도 묻고 싶은 것이냐?"

"…네."

귀신같이 예린이의 마음을 알아채는 양 도사.

분명 게슴츠레한 눈을 하고 속으로 쾌재를 부르고 있을 것이다.

"너의 첫 번째 인연은… 열일곱 살 때 잠깐 스치고 지나갔구나. 다만 문제는 지아비를 뜻하는 편관이나 정관이 아닌 비견자리의 인연으로 이때 만난 남자는 너의 등골을 빨아 먹는 아주 후안무치한 놈이니라."

'헐… 그, 그 나이면… 나? 지, 지금 내 욕을 저렇게 하는 거야?'

예린이가 열일곱 살 때라면 나 말고 다른 사람이 없었다.

그럼 내가 예린의 등골을 빼먹을 놈이란 것인데 성의로 받은 골프 장갑 같은 게 다다.

"비견 사주가 회동하면 네가 받을 복이 그쪽으로 다 흘러들어가느니라. 다행스럽게 딱 일 년만 회동하고 사라진 것 같구나. 이때 인연이 깊었다면 자칫 운명을 달리 했을 수도 있었으렷다……."

"……."

저 말은 틀린 말이 아니었다.

임혁필 코치님이 인질로 잡혀 목숨의 위협을 당했던 때 그 사람이 예린이가 됐었을 수도 있으니 말이다.

"그리고 지금은 칠화(七火)의 재(財) 자리에 머물고 있다. 이때 너의 운명을 가를 기운이 회동할 것이니라. 예로 집안의 가업 지분 변화라던가 하는… 예상치 못했던 일들이 생기니라."

이 말 또한 맞아 들어갔다.

유 상무가 사고를 치는 바람에 유 회장과 윤라희 여사가 심경 변화를 보일 게 빤했다.

양 도사의 말대로만 된다면 예린이는 학교를 졸업함과 동시에 오성 그룹에 투입될 가능성이 높았다.

"그럼⋯⋯."

살짝 복잡한 마음을 드러내는 예린이의 목소리.

주방에서 일을 하고 있는 나에게까지 그녀의 기운이 쏟아져 들어왔다.

"진정한 정관의 인연은 서른일곱 살 이후가 될 것이다. 중앙의 인수가 너에게 아낌없이 기운을 몰아주고 난 뒤에 혼처 자리를 구한다면 능히 살면서 함께 큰일을 도모할 인연을 만나게 될 것이니라."

"아⋯⋯."

예린이의 입에서 나온 신음이 터졌다.

결국 나와 인연이 없음을 예린이도 알아 버렸다.

양 도사가 나와 예린이 사이를 알고 만들어 냈다고 보기에는 예린이의 삶과 너무 일치했다.

나야 희대의 사기꾼 취급을 하지만 신선계의 반열에 오른 인물임은 분명했다.

입을 통해 내뱉은 업의 무게가 우주를 진동시킬 수 있다는 것을 잘 아는 양반이었다.

"그래서 인연이란 것이 무서운 것이니라. 전생에 스쳤던 옷자락의 개수만큼 붙어 있는 인연들⋯⋯. 그 업을 끊을 수 있는 분들은 인간들 역사에 몇 분 나오지 않았다. 그저 오늘 나와 내 주변을 사랑하면서 업이 다하기만을 의식하고 행동에 조심 또 조심하며 살 뿐이지. 마음 하나가 우주임을 알게 된다면… 인연의 괴로움에서 벗어날 수 있단다."

예린이에게 이치에 따른 도론(道論)을 설파하는 양 도사.

어이 상실 2만 배였다.

업을 정화하려면 나와 내 주변을 사랑하라 말하며 나에게 가했던 처절한 학대와 폭력은 도대체 무엇을 의미한단 말인가.

그러면 그렇지 이번에도 다 인정하려 했지만 좋다 말았다.

처음 듣는 이들에게는 더 없이 감동적인 도론.

하지만 나에게는 자기변명의 극치로밖에 다가오지 않았다.

"아팠더냐?"

양 도사의 속을 알 수는 없었지만 분명 뽀얀 광채를 호신강 기처럼 두른 얼굴일 것이다.

"네… 아픕니다……."

누가 들어도 살짝 떨리는 예린의 목소리는 촉촉하게 젖어 있었다.

듣는 나도 마음이 편치 않았다.

사랑하는 연인의 관계는 아니었지만 그 누구보다 나에게 헌신했던 예린이었다.

그녀 덕분에 오늘 내가 이 자리에 있다고 해도 틀린 말은 아니다.

'고맙다, 예린아… 네 마음은 언젠가 꼭 갚겠다…….'

좋은 친구인 건 분명했지만 가슴 떨리는 느낌은 없었다.

이래서 사람은 첫 만남이 중요한 것이리라.

"인생에서 고통을 빼면 무엇을 얘기할 수 있겠느냐……. 우주의 법칙이 그러하거늘. 결코 하늘은 한 사람에게 모든 것을 몰아주지 않는다……. 그렇기 때문에 자중자재하며 자신을 닦아 희로애락의 폭풍이 아닌 봄날 버들잎 같은 인생을 살아낼 수 있어야 하지. 암, 그렇고말고. 너는 타고난 복이 많으나 그 복에 끝이 없는 것 또한 아니다. 공평한 우주 법칙을 깨닫고 스스로 마음의 평안을 찾거라. 네 속에 너만을 위한 등불을 밝힌다면… 능히 한 세상을 여장부로서 호령할 수도 있으려니……."

양 도사는 다시 한 번 예린이의 인연이 내가 아님을 확인시키고 있었다.

눈치 하나는 귀신 뺨치는 수준이었다.

"…감사합니다… 스승님……."

겸허히 받아들이는 유예린.

"……."

잠시 거실에는 침묵이 흘렀다.

따리릭.

"스승님! 여기 술 사왔습니다!"

운전기사와 함께 양 도사가 찾는 고량주를 사러 나갔던 혁찬이 돌아왔다.

촤르르륵 촤르륵.

마침 먹음직스럽게 튀겨진 탕수육도 완성되었다.

"휴우……."

나도 모르게 짧은 한숨이 목구멍을 열고 새어나왔다.

양 도사의 말처럼 상처 받지 않고 스스로를 사랑할 수 있는 자신만의 등불을 밝힐 수 있기를 진심으로 바랐다.

사람과 사람이 만들어야 할 사랑이란 것이 금방 튀겨낼 수 있는 탕수육은 아니었다.

이미 내 가슴 속에는 잊고자 해도 지워지지 않는 한 여인의 그림자가 짙게 드리워지고 말았다.

예린이를 위한 작은 공간도 마련할 수 없을 만큼 가득 들어찬 그림자.

제8장
감춰진 비밀

"에휴… 하아… 흐으……."

한숨은 끊이지 않고 터졌다.

'왜 하필… 왜, 왜…….'

천당과 지옥을 오갔던 하루를 보내고 새 날을 맞았다.

하필 내가 사는 옆집이 웬 말이란 말인가.

악연의 꼬리였던 화룡회 용 대인이 나를 잡겠다고 쳤던 그물을 빠져나온 것까지는 좋았다.

차라리 스승을 찾지 않았다면 나았을까.

어차피 가유창이 나타날 것이었다면 굳이 스승 양 도사를 찾지 않았어도 어떻게든 버티고 있었다면 이 상황까지 오지는 않았을까.

수많은 생각이 나를 괴롭혔다.

세상에 바로 옆집에 주소를 틀고 들어앉아 있을 줄 누가 알았겠는가.

언제 미국에 도착해 나에 관한 인적조사까지 마쳤는지는 알 수가 없다.

소살리토에 거처를 마련한 사실은 제시카와 아만다 말고는 아는 사람도 없었다.

그런데 바로 옆에 주소를 내고 들어와 있었다.

까칠하기로 소문이 자자한 미국 이민국을 비롯한 조사 기관에서 어떻게 대한민국 민증도 없는 노인 영감을 받아주었는지도 궁금했다.

그저 놀랍고 또 동시에 내 인생에 찾아든 고난에 눈물이 앞을 가렸다.

'…하늘도 너무 하시지…….'

불과 하루 차이로 아침을 맞는 기분은 확연히 달랐다.

느긋하게 잠에서 깨어 가사 도우미가 가져다 놓은 유기농 빵과 과일로 아침을 시작했던 게 꿈만 같았다.

당장 새벽 4시에 일어나 양 도사 수발드는 일부터 시작했다.

물론 옆집 정원에서 오랜만에 수련 테스트도 받았다.

미국 땅인 것을 알아서 그런지 몽둥이를 들지는 않았다.

하지만 딱 봐도 내가 펼치는 장생신선술이 못마땅해 몇 번씩이나 눈을 흘겼다.

긴장을 풀고 있다 얼어맞은 일격이 더 무서웠다.

볼수록 기가 차는 양 도사의 무공 실력은 나와 질적으로 비교 불가능했다.

아직 유형의 술도 마스터하지 못한 나에 비해 양 도사는 무형의 힘을 자유자재로 쓸 수 있는 초절정에 이르러 있는 고수였다.

지난 밤 잠자리에 들면서부터 양 도사로부터 도망을 가야겠다는 생각은 접었다.

이미 태평양을 건넜다는 사실은 사기꾼 양 도사가 가지 못할 곳이 이 지구상에는 없다는 증거였다.

'으으… 아침부터 계속 서 있었더니 허리가 쑤시네…'

아침 훈련을 마치자마자 출출하다고 아침상을 차려내라 주문한 양 도사.

간단하게 개운한 해물 된장국을 끓이라 했다.

운전기사를 닦달해 수산시장을 돌아 한인마트를 한차례 휩쓸고 들어왔다.

다행히 빨리빨리 부지런을 모토로 미국에서 자리 잡은 한인들 덕에 식재료 구입은 어렵지 않았다.

내 집에는 발도 들이지 못하고 양 도사 집에서 바로 아침상을 차려냈다.

수산시장에서 물 좋은 광어와 킹크랩, 새우, 도미 등을 구입해 굽고 지져 생선구이 정식을 차렸다.

그리고 콩나물이 들어간 시금치 된장국을 끓여 대령했다.

물론 아무리 차려낸 반찬의 가지 수가 많아도 고기가 빠지면 곧장 젓가락이 살인병기로 둔갑하는 양 도사의 밥상.

빤히 알면서도 준비하지 않으면 죽고자 하는 것이나 진배는 일.

신선한 돼지 앞다리 살로 매콤한 제육볶음을 정중앙에 내놓았다.

얼추 세어보니 무려 열다섯 가지나 되는 반찬들이 차려졌다.

새벽에 일어나 엉덩이 한 번 붙여보지 못하고 두 시간 조리 끝에 차려낸 한 상.

그나마 위안이 된 것은 성인이 되었으니 생활은 각자의 집에서 하자고 양 도사가 직접 한 말 한마디였다.

그 한마디를 위안 삼아 꾹 참고 일했다.

그래 봐야 모든 일거수일투족을 감시할게 빤했지만 잘 때라도 양 도사의 얼굴을 보지 않는다는 것 하나로 숨통이 트일 것 같았다.

'너무 하는 거 아니냐고… 내가 식모야? 이 귀한 손으로… 아직까지 프라이팬이나 잡고 있어야 하냐고… 말도 안 돼!!'

환장하고 펄쩍 뛸 지경으로 가슴이 답답했다.

잘 차린 음식 아침으로 잘 때우고 한다는 소리가 당장 오늘 저녁에 손님이 오기로 했다고 일찍 퇴근해 저녁을 준비하라는 것이다.

어디 대고 하소연할 곳도 없다.

예린과 혁찬도 한상에서 밥을 얻어먹고는 이곳을 떠났다.

예린은 떠나기 전 내 품에 길게 안겨 깊은 한숨을 내쉬며 애써 눈물을 감추었었다.

심리적으로 그녀가 안타까웠지만 현실은 내 코가 석자라 달리 위로를 할 말을 찾지 못했다.

그녀와 나의 갈 길이 달랐다.

오성 그룹의 일축을 담당해야 할 운명을 지고 태어났다는 예린이.

스포츠 스타로서의 미래를 꿈꾸고 나아가고 있는 나와는 전혀 어울리지 않았다.

한 남자의 인생을 위해 자신의 모든 것을 내려놓고 내조에만 힘쓰기에는 그녀의 삶에 주어진 일들이 많았다.

혁찬은 연신 싱글벙글 웃는 표정이었다.

아침부터 화령으로부터 연락이 온 것도 있었지만 예린이에 대한 마음이 깔끔하게 정리된 것도 한 몫 한 듯했다.

혁찬은 화령의 유럽 투어 때에 맞춰 데이트 약속을 잡았다고 자랑했다.

예린이에 대한 마음을 완전히 접은 것이다.

나라는 존재 이외에 그 어느 것에도 걸리지 않고 마음을 열어 친구가 될 수 있었던 우리의 십 대.

고등학교 시절이 아니었다면 예린이와 혁찬이 나는 친구라는 이름으로 엮일 수 없었던 인연인지도 모른다.

이제는 우정마저도 현실의 벽 앞에서 흔들려야 하는 스무 살의 청년.

예린이도 그 사실을 깨닫게 되었을 것이다.

오성 그룹 저택에서 그녀와 그녀의 가족들이 보여주었던 호의는 딱 거기까지.

예린이의 친구로서 나를 인정해 준 것만으로도 감사했다.

'누가 온다는 거야? …한 치의 소홀함이 없이 준비하라고? 미국까지 와서 선이라도 볼 모양이지?'

도대체 앞뒤를 분간하기 힘든 양 도사의 행각.

설악산에서도 간간이 손님 접대를 위해 일을 시킨 적은 있었지만 소홀함이 없이 준비하라고 했던 적은 한 번도 없었다.

'…뻔하지……. 벌써 노랑머리 아줌마 하나 꼬셨겠지.'

으드득.

요즘 잘나가는 나를 팔아 또 어떤 여사를 꼬셨을까 하는 생각이 들자 나도 모르게 이가 갈렸다.

스슥.

이제는 본능적으로 주변을 경계하고 사방을 훑은 버릇이 생길 지경이다.

"K~ 오늘 왜 그래? 무슨 일 있어?"

주말을 낀 3연전 홈경기.

오후 2시 경기가 매진되었다.

지역구 라이벌 LA 다저스와의 세 판 승부.

"와아아아아아아아!"

"렛츠 고 자이언츠! 렛츠 고 자이언츠!"

나에게 별 감흥을 주지 못하고 있는 홈 관중들의 외침.

경기 시작 10분 전.

동료 선수들이 봐도 내가 제정신이 아니라는 사실을 안 모양이다.

선수들 각자 몸을 풀고 홈팬들을 위한 공 던져주기 같은 행사가 펼쳐지고 있었다.

넋을 놓고 있는 나에게 잭 윌리엄이 다가오면 물었다.

그냥 봐도 하루 만에 수척해진 내 얼굴이 무슨 문제가 있음을 말하고 있던 것이다.

요즘 들어 주가가 팍팍 뛰고 있는 잭 윌리엄.

"아무 일도… 아니에요……."

차마 밝힐 수 없는 개인 사정.

"아닌 거 같은데……. 훈련 때부터 다리가 풀려 있었잖아. 하루 사이에 무슨 일이 있는 거야? 마리화나? 아니면……. 흐흐흐."

잭 윌리엄은 음흉하게 웃으며 새끼손가락을 세웠다.

'에휴… 생각하는 거 하고는… 양 도사랑 계나 묻으세요!'

고속도로처럼 쫙쫙 뻗은 나의 미래가 구만리 같았다.

그 위에 새카만 먹구름이 낀 것만도 가슴이 답답한데 옆에서 초까지 치고 있었다.

찌릿.

대꾸할 가치도 없어 가볍게 째려봤다.

"아, 아니면 됐어~"

텅 빈 나의 눈이 꽤 살벌했는지 잭 윌리엄이 기겁하며 손사래까지 쳤다.

괜히 건들었다가 덤탱이를 쓸 판이었다.

파밧파밧.

'귀찮아……'

물론 나의 인기가 하늘 높이 치솟고 있다는 건 잘 알고 있다.

쉬지도 않고 나를 향해 셔터를 눌러대는 기자들을 보니 눈물이 쏟아질 것 같았다.

"헤헤~"

'오잉?'

이건 또 무슨 시츄에이션이란 말인가.

기자들 틈에 눈에 띄는 미모의 여기자를 향해 잭이 손을 흔들었다.

오늘도 여전히 나를 카메라에 담기 위해 고군분투 중인 아람 누나였다.

잭 윌리엄을 향해 하도 친근하게 손을 흔드는 모습이 마치 오래전부터 알고 지내던 사람을 대하는 듯했다.

"잭, 아람 누나를 알아요?"

"K… 나 어제부로 사랑에 빠졌다."

"네? 그게 무슨?"

갑작스러운 잭 윌리엄의 말.

이곳도 사랑하나 믿고 여자들이 마음을 열지는 않았다.

그나마 잭 윌리엄은 마이너 리그에서 연봉을 제법 받는 축에 속했지만 그런다고 가정을 꾸릴 만큼의 여유가 있는 것은 아니었다.

그런데 그런 잭 윌리엄이 아람 누나를 상대로 사랑 타령을 했다.

은퇴할 시기가 다가오면서 프레즈노에서도 인기가 시들했었던 잭 윌리엄.

다행히 고비를 넘겨 올해가 지나면 계약 기간 만료되는 것을 피했지만 의외의 반전이었다.

이대로만 간다면 내년 연봉 또한 최소 몇 백만 달러는 받게 될 것이다.

그래서 없던 용기라도 생긴 것인가.

"어제 무슨 일 있었어요?"

"마이 러버 아람 씨와 데이트했다."

"네에! 러, 러버요?"

'어떻게 된 거야?'

아람 누나가 그간 나에게 보냈던 묘한 흑심이 나만의 착각이었던 것처럼 느껴지던 순간이었다.

아직도 생생하게 기억하고 있는 아람 누나의 행적들.

왜 갑자기 주변에서 이런 상황이 벌어지는 것인지 약간 혼란스러웠다.

"K, 네 덕분이다. 어제 시내 나갔다가 만났다. 밥도 한 끼 먹고 저녁에 술도 한잔했어~"

'술까지?'

미국에서 술 한잔했다는 건 상당한 의미를 가졌다.

'설마???'

특히 잭 윌리엄에게 있어서는 남다른 자리로 받아들여졌을 것이다.

성인 남녀가 밤에 술까지 먹었다고 한다면 대단한 사건이었다.

"역시! 난 동양 여성이 맞는 것 같아. 지조가 있다고나 할까. 다른 여성들 같았다면 아마 내 매력에 푹 빠져 밤을 같이 보내자고 달려들었을 거다. 하지만 딱 자정이 되는 것을 보고 아람은 자리에서 일어났지."

잭 윌리엄의 정신은 아직 지난 밤 아람 누나와 함께 있었던 시간에도 돌아오지 않은 것처럼 보였다.

두 눈이 몽롱하게 풀린 채 셔터를 눌러대는 아람 누나를 응시하고 있었다.

"…아……."

"K… 나 확 빠져 버렸어. 이제 나도 가정이 꾸리고 싶다. 가정을 위해 헌신할 수 있는 아람 같은 여자와 말이야!"

'쯧쯧, 제대로 걸렸군.'

분명 아람 누나가 방향을 튼 것으로 판단되었다.

넓고 짱짱한 아람 누나의 낚시 바늘을 문 줄도 모르고 입이 찢어져라 좋아하는 잭 윌리엄.

어장관리 매뉴얼에 들어간 게 확실했다.

그렇게라도 몽달귀신을 면할 수 있는 것은 나쁘지 않았지만 뭔가 찜찜했다.

평범한 여자도 아니고 굴지의 언론사 기자에 대한민국에서도 내로라하는 대학을 졸업한 수재.

머리를 장식품을 달고 다니지 않는 한 잭 윌리엄을 상대할 그런 여성은 아니었다.

'…잭이 좋다면야…….'

나이가 들면 가정을 꾸리고 싶은 것은 당연한 수순인지도 모른다.

게다가 젊은 선수들과 달리 적어도 사는 데 절제가 필요하다는 것쯤은 깨달은 나이.

행동이나 말은 바람둥이처럼 굴었지만 자기 관리 하나는 철저한 사람이니 아람 누나에게도 괜찮은 상대로 느껴졌다.

다른 포지션보다 힘든 자리가 포수다.

여기에 타격만 갖춘다면 대박을 터뜨리는 건 일도 아니었다.

"…축하해요. 아람 누나 정도면 꽤 괜찮죠. 내가 대시했을 수도 있었는데 말이에요."

"워워~ K, 널 적으로 만들고 싶지 않아. 아람에게서 신경 꺼. 그리고 나중에 크게 한턱 쏠게!"

'딩동댕~ 당첨 축하합니다, 잭.'

꼬리 아홉 개 달린 노처녀에게 물린 것도 모르는 잭 윌리엄.

현실을 아직 체감하지 못하고 있었다.

나의 가벼운 농담에도 민감하게 반응하는 잭의 상태를 보니 제대로 걸려든 모양이었다.

'키를 몇 개는 준비해야 할 겁니다.'

아람 누나가 된장녀는 아니었지만 누릴 수 있는 것을 포기하는 여자가 몇이나 되겠는가.

어린 나이도 아니고 알 것 다 아는 골드미스 반열에 올라 있는 아람 누나.

쉽게 마음을 열었을 리 만무했다.

잭 윌리엄이 대박을 터뜨리는 순간을 기점으로 선택을 결심할 게 확실했다.

"민아~ 웃어봐~"

아무것도 모른 채 나를 향해 외치는 아람 누나.

척.

나는 잭 윌리엄의 어깨 위에 팔을 걸치고 절친 포즈를 취했다.

"흐흐… 정말 예쁘지? 몸매도 환상이야."

덩치가 큰 미국 여성들만 보다가 날렵한 사이즈의 아람 누나를 보았으니 그럴 만도 했다.

잭의 두 눈에서는 아람 누나를 향해 하트가 뿅뿅 연신 터지고 있었다.

빵빠방 빠바바바바바바방.

마침 경기 시작 신호음이 울렸다.

"와아아아아아아아아아!"

"렛츠 고 자이언츠! 드래곤 K 파이팅!"

"K! K! K!"

내 속이 어떤 상태인지 알 리 없는 팬들의 환호성이 경기장을 뒤흔들었다.

'그래, 스승님은 스승님이고… 나는 나다!'

아차피 반땅해야 하는 상황이라면 더 힘을 써서 내 몫을 늘리는 방법밖에는 없었다.

의외로 계약 사항을 철저하게 지키는 양심은 남아 있었다.

반절 뚝 떼 주기로 마음먹은 이상 쿨하게 굴기로 마음을 다잡았다.

'스승님… 나도 더 이상 바보가 아닙니다. 흐흐흐.'

당연히 거저 빼앗기는 일은 벌어지지 않을 것이다.

피땀 흘려 일궈놓은 나의 미래를 그렇게 강탈당할 수만은 없는 법.

밤새 잠 못 이루며 여러 계획을 짜냈다.

기꺼이 양 도사에게 기부할 수 있는 아주 흡족한 그물 말이다.

따아악!

"호, 홈런입니다!!!"

"와아아아아아아아아!"

"첫 타석에 들어서자마자 장쾌한 대형 홈런을 터뜨리는 강민 선수! 진짜 대단합니다!"

"아아! 벅찹니다. 눈물이 앞을 가립니다! 다저스의 1선발 커쇼 선수에게서 일구에 홈런을 빼앗는군요! 보이십니까! 과거 베리 본즈나 누렸던 바다로 향하는 장외 홈런! 샌프란시스코 자이언츠 홈팬들이 일어나 기립박수를 보내고 있습니다!"

"비거리가 엄청납니다! 다른 투수도 아닌 메이저리그 좌완 투수 1, 2위를 다투는 커쇼 선수를 상대로 1회 1구를 통타해 홈런을 만들어 내는 강민 선수! 그라운드의 드래곤이라는 별명이 무색하지 않습니다!"

중계를 맡은 아나운서들이 흥분을 감추지 못하고 벌벌 떨리는 목소리로 감동을 생생하게 전했다.

"호호~ 우리 민이가 오늘도 한 건 했네~"

어제 저녁에 끓여 먹다 남은 김치찌개를 들고 나오며 함박웃음을 터뜨리는 강영자 여사.

"민이는 사람이 아닌 것 같애. 괴물이지……. 저 녀석 몸은 600만 불의 사나이도 울고 갈 거야."

한국 시간으로 이른 아침 벌어지는 강민의 야구 경기.

요즘 강민의 야구 중계방송을 사수하느라 좋아하던 골프 약속도 매번 펑크를 내고 있는 장기남.

"자, 오늘도 민이의 승리를 위해!"

꿀꺽꿀꺽.

일요일 아침 댓바람부터 소주와 맥주를 섞어 폭탄주를 만들어 원샷으로 넘겼다.

하루 해가 먼저 뜨는 대한민국.

장세아는 토요일 밤 늦게까지 친구들을 만나고 들어와 아직 기상 전이었고 세라는 화장실에 들어가 있었다.

평일 경기는 놓치더라도 주말에 걸리는 민이의 경기는 빼놓지 않고 사수하려는 장세라.

한국 고등학교 입학 이후 장기남 부부가 따로 신경 쓸 일 없이 학업에 충실했다.

"정말 민이를 보면 대견해요. 이국땅에 가서 혼자 저렇게 유명한 야구 선수가 되다니……."

강영자 여사는 엄마의 마음으로 강민의 소식을 접할 때마다 마음이 짠했다.

"맞아… 어른한테는 또 얼마나 공손한지… 활기가 넘치는 청년이지. 그게 민이의 재산이지 않겠소. 진짜 욕심나는 녀석이야……."

장기남은 한잔 시원하게 들이켜고 난 뒤 그라운드를 골고 있는 화면 속 강민을 바라보았다.

"진지하게 한 번 생각해 볼까요? 우리 사위 삼는 것 말이에요."

"마음 같아선 나도 그랬으면 좋겠소. 하지만 어디 우리 애들이 눈에 차겠어? 저 정도 잘나가면 엄청난 혼처들이 줄을 설텐데 말이오."

"어머, 당신은 그게 무슨 말이에요. 우리 애들이 어디가 어때서… 세라가 아직 어리긴 하지만… 우리 세라도 두말이 필요 없는 애라구요."

"흐흐, 그건 그래. 내 딸이지만 날 닮아서 품질은 보증할 수 있지."

"어맛, 당신을 닮았다구요? 입에 침이나 바르고 말씀하세요."

"아니~ 내 언제 그랬소? 어여쁜 강 여사님을 쏙 빼어 닮았지~"

"아잉~ 호호, 당신의 좋은 머리를 닮았잖아요~"

언뜻 아직도 신혼처럼 느껴지는 두 중년의 부부.

띠리리리리 띠리리리리리.

그때 거실 한쪽에 놓여 있던 집전화가 요란하게 울렸다.

"누가 아침부터 전화야?"

요즘은 대부분 휴대전화를 사용해 웬만해서는 집전화가 울리는 일이 없었다.

또 집 전화번호를 아는 사람도 거의 없었다.

"여보세요~"

찡그린 얼굴 표정과 달리 상냥하게 전화를 받는 강영자 여사.

"영자야~ 언니다."

"미자 언니가 아침부터 웬일이야?"

다복한 부모님 덕에 위로 언니가 다섯이나 버티고 있는 강영자 여사였다.

그중에 제일 큰언니의 전화였다.

"혹시 티비 봤냐?"

"뜬금없이 무슨 말이에요?"

"그 야구 프로 말이야. 거기 나온 사내 녀석 봤어?"

"누구……?"

"거 있잖아. 이름이 뭐라더라… 강민! 그 녀석 말이야."

"아! 민이~"

"민이? 아는 녀석이었냐?"

"어~ 3년 전에 옥탑방에 세들어 살던 애야. 내가 설날 말했잖아. 사위삼고 싶다던 애가 개야~"

"그럼 잘 알겠구나!"

"그럼~ 그런데 그걸 왜 갑자기~"

"개 혹시 진주 강씨 아니라던?"

"맞아. 세상에~ 시중공파 28대손이라고 했어. 그래서 나한테 누님이라고 불렀지~"

"아이고… 아닐 게야. 녀석이 잘 못 알고 있을 게야……. 28대손은 동자 돌림이고 29대손부터 민자 돌림이야."

강영자의 자랑에 언니 강미자의 입에서 탄식성이 터졌다.

"언니~ 왜 그래? 무슨 일 있어?"

"…이걸 어떡하니… 불쌍한 녀석… 에휴……."

갑자기 전화를 해 강민에 대해 꼬치꼬치 묻던 큰언니의 촉촉하게 젖는 목소리에 강영자 당황스러웠다.

"언니~ 왜 그래~ 민이를 알아?"

"부모가 없지?"

"어! 어, 언니가 그걸 어떻게 알았어? 신문에서 봤어?"

"그 녀석 아버지가 혹시 배 탔다고 하지 않던?"

"…헛!"

강미자의 뜻 모를 말들을 듣고 있던 강영자는 덜컥 심장이 떨어지는 듯 놀랐다.

강민이 이 집에서 지낸 시간은 딱 석 달.

생전의 아버지가 선장이었고 어머니와 바다에 나갔다가 변을 당했다는 얘기를 분명 들었다.

'어떻게 언니가?'

과거 세라를 구했을 당시 친척들에게 몇 번 전화를 받은 적은 있었다.

하지만 시골에서 조용히 살고 있던 큰언니 강미자는 모르는 일이었다.

농사꾼 집안에 시집가서 세상사는 뉴스 같은 것은 볼 시간도 없이 바쁘게 보내던 강미자.

따라 소식을 넣지도 않았던 일이었는데 그런 큰언니가 강민을 알아봤다.

"다, 닮았더라. 오빠랑 똑 닮았어……."

"어, 언니 누구? 어떤 오빠를 닮아?"

두근거리는 심장을 진정시키며 조심스럽게 묻는 강영자.

큰언니가 집안에서 오빠라고 부를 만한 이들은 드물었다.

"너는 기억이 안 날지 모르지만… 난 똑똑하게 기억난다. 큰아버지가 낳으셨던 동명이 오라버니하고 그 녀석이 똑 닮았어. 세상에… 우리 강씨 집안 장손 대가 끊긴 줄 알았는데…

어떻게 살았을까……. 아이고 가여운 녀석 같으니라고 부모가 그리 된 걸 친척들이 이제 알았는데… 불쌍해서 어쩌누……. 죽어서 큰아버지를 어찌 뵌단 말이냐. 흑흑……."

전화기 너머의 강미자가 흐느끼기 시작했다.

쿠웅!

갑작스러운 강미자의 말에 강영자의 머릿속은 커다란 종이 계속해서 울리는 것처럼 시끄러웠다.

"여보, 무슨 일이야? 누가 닮아?"

전화기를 잡고 심상치 않은 표정으로 아무 말이 없는 강영자에게 장기남이 물었다.

"세, 세상에… 민이가……."

사실 강 여사의 친정집 사정은 내막이 좀 복잡했다.

강 여사 형제가 모두 칠남매였고 내림이었던지 아버지 형제가 5남 2녀 칠남매로 같았었다.

할아버지 때 누구도 부럽지 않을 만큼 잘나갔던 강씨 집안.

당시 웬만해서는 구경하기도 힘든 구라파 유학까지 다녀왔던 현대 여성이 바로 할머니였다.

파격적인 행보를 자처했던 현대 여성 할머니를 데려오기 위해 천석지기 아들이었던 할아버지는 상당한 돈을 썼다.

개성 근방에서 할아버지만큼 부유한 청년시절을 보낸 사람도 없었다.

지금은 돌아가시고 없지만 강영자의 기억에도 추억의 사진 한 장처럼 남아 있는 할아버지와 할머니에 대한 기억.

6.25를 거치면서 남한으로 피난을 내려왔고 그러면서 그 많았던 전답도 두고 왔다.

챙겨 내려온 패물이 상당했지만 워낙 넉넉하게 살았던 두 분의 씀씀이가 워낙 커 몇 년을 버티지 못해 거덜이 났다.

제대로 집안을 단속하지 못한 할아버지와 집안에 엄청난 반항을 일으켰던 큰아버지.

기울어질 대로 기울어지는 집안 사정은 아랑곳하지 않고 과거 누리고 살던 향수에 젖어 어머니의 역할을 하지 못했던 할머니.

아들들이 공부하며 힘겹게 벌어다 주는 돈까지 흥청망청 써 살림이 제대로 돌아가지 못했다.

할머니보다 배움이 짧았던 할아버지는 평생을 할머니 앞에 기가 죽어지냈고 그런 할아버지가 돌아가시자 집안은 파란에 휩싸였다.

할머니에게 반발한 큰아버지는 그 길로 할머니와의 연을 끊고 집을 뛰쳐나갔다.

꽤 긴 세월이 흐르고 이제는 원망도 힘을 잃을 때쯤 할아버지 기일에 맞춰 장성한 아들과 함께 집안을 찾아왔다.

하지만 그때까지도 큰아들에 대한 원망을 안고 살던 고집불통 할머니는 장성한 아들을 앞세우고 찾아온 큰아버지를 받아들이지 못했다.

그날 그게 큰아버지의 마지막 모습이었고 이후 소식은 영 끊긴 채 지금까지 죽었는지 살았는지도 모른 채 세월이 흘렀다.

큰아버지가 딱 한 번 할머니 앞에 데리고 나타났다던 장성한 아들이 동명 오라버니였다.

강영자 여사의 기억 속에도 아주 흐릿하게 남아 있는 동명 오라버니의 웃는 모습.

민이를 보면서 한 번도 동명 오라버니를 떠올려 본 적이 없었다.

어찌 상상이나 했겠는가.

어렸을 때부터 기억력 하나는 남달랐던 큰언니 강미자.

그녀가 이렇게까지 나오는 것을 보면 거짓이 아닌 게 확실했다.

"혹시 연락이 닿으면 물어 보거라……. 할머니가 돌아가시기 전에 큰아버지와 동명 오라버니를 그렇게 찾으셨는데… 흑흑."

큰언니의 부탁.

"으응… 알았어. 화, 확인해 볼게 언니……."

강영자 여사는 큰언니 미자의 흐느끼는 목소리에 가슴이 먹먹해져 왔다.

칠남매 중 셋째였던 아버지가 특히 큰아버지에 대한 그리움이 컸었다.

유일하게 할머니에게 쓴소리를 하고 대들었다던 큰아버지.

손 밑의 동생들에게는 부모보다 더 부모 같았던 따뜻한 형이었고 또 유일하게 믿을 만한 집안의 어른이었다고 했다.

할머니가 돌아가시던 때 팔방으로 수소문을 해 봤지만 해외

어딘가로 이민을 갔다는 소리만 들었다.

두 번 다시 찾지 않았던 큰아버지가 괘씸하다며 2촌까지 끊어 놓았던 할머니.

남아 있는 자식들까지 보지 않겠다고 엄포를 놓는 바람에 늘 기가 눌린 채 큰아버지를 찾을 엄두를 내지도 못했던 아버지 형제들이었다.

간간이 먼 친척들 입을 통해 뜬소문처럼 배를 탔다는 말만 들려왔다.

"그래… 부탁하마. 꼭 알아보고 연락 줘라."

올해로 구순에 가까운 연세로 아직까지 큰아버지에 대한 그리움을 접지 못하고 있는 아버지.

큰언니 강미자는 그런 아버지가 오래도록 품어왔던 한을 올올이 기억하고 있었다.

따릭.

전화기 너머의 수화음이 끊어졌다.

"여보, 무슨 일이야? 뭘 알아봐? 처형이 민이를 어떻게 알아?"

통화가 끝나고 수화기를 들고 있던 손에 힘이 빠지자 궁금증을 참지 못하고 장기남이 채근하며 물었다.

"여보… 어떡해요……. 민이가……."

"뭐? 민이가 왜?"

"흐윽… 소식 끊긴 큰아버지의 손자 같대요……."

"뭐, 뭐라고! 큰아버지 손자? 그럼 민이가 당신하고 오촌지간이란 말이오!!!"

　장기남은 자리에서 벌떡 일어났다.

　세상에 이런 일이 있을 수 있단 말인가.

　쨍그랑.

　그때 갑자기 주방 쪽에서 뭔가 떨어져 박살이 나는 소리가 들려왔다.

　막 컵에 시원한 물 한잔을 채워 마시려던 장세라.

　아직 젖은 머리카락에서는 물방울이 하나씩 떨어져 내렸다.

　손에 들려 있던 컵이 힘없이 빠져나가 바닥에 떨어지며 사방으로 깨져 나갔다.

"아빠… 죄송하지만 사백님의 뜻은 따를 수 없어요……."

"알고 있다. 어찌 요즘 같은 세상에 부모의 뜻대로 혼사를 정할 수 있겠냐. 부모도 대신 살아줄 수 없는 것이 본인들의 인생인 줄 왜 아빠가 모르겠느냐."

"고마워요……. 아빠."

손성한도 분위기 봐가며 어렵게 꺼낸 말이었다.

뜬금없는 아버지 손성한의 사백 되시는 분의 중매 권유 자리.

평소라면 이런 말도 안 되는 얘기를 단비에게 전하지도 않았을 손성한이었다.

손단비도 대충은 알고 있는 아버지의 사문.

젊은 시절 수련의 시간이 있었기에 손성한이 스스로 이 자리에 오를 수 있었다고 믿고 있었다.

손단비의 눈에 아버지에게 사문은 종교와도 같았다.

그 사문의 큰어른인 사백의 부탁이라는 중매 자리.

아버지 손성한이 단비에게 이 말을 전하기까지 쉽지 않았을 것이다.

물론 사백의 요구를 거절할 수 없는 입장이었음은 안 봐도 뻔했다.

"고맙기는… 어제처럼 네 역량을 한껏 발휘해 주면 된다. 아빠는 그거면 충분해."

"네! 최선을 다할게요."

마음을 연다는 것은 모든 면에서 긍정적인 작용이다.

손단비의 기억 속 손성한은 늘 시간에 쫓기고 바빴던 아버지의 모습이었다.

때로는 강압적인 인상을 줄 만큼 단비와 의견 충돌을 일으키고 했다.

참 오랜만에 아버지와 함께 승리의 축배를 즐겼다.

절친 은다혜 앞에서 최고의 아빠로서의 모습을 보여주었던 손성한.

단비를 향한 미소를 잃지 않았다.

이제는 더 이상 어린 딸이 아니라는 것을 손성한도 알고 있었다.

그녀가 일궈온 것들을 인정할 때가 온 것이다.

언제나 바쁜 아버지로 기억되고 있었지만 손성한은 바쁜 와중에도 손단비의 경기를 하나도 빠뜨리지 않고 챙겨 보며 응원해 왔었다.

늘 아직은 부족한 어린 딸을 바라보듯 언제든 자신의 도움을 필요로 하면 달려갈 준비를 했다.

하지만 어제 과년한 딸의 중매라는 말을 쓰며 단비를 언급했던 사백의 말의 정신이 번쩍 들었다.

아버지의 눈에는 아직도 어린 딸이었지만 다른 사람 눈에는 성숙한 한 여성으로 보인다는 사실.

그 순간 아차 싶은 것이 있었다.

미국에 들어와서도 손성한을 찾지 않았던 손단비였다.

왜 아버지인 자신 보기를 꺼려하는지 딸이 가진 상처를 되돌아보게 된 것이다.

그래서 모든 걸 내려놓기로 마음먹었다.

명분 좋게 조력자로서의 역할을 해왔다 생각했지만 단비에게는 그간의 시간이 상처로 남았음을 깨달았다.

하나밖에 없는 귀한 딸에게 마음을 닫고 살 아버지가 어디 있겠는가.

이제는 단비 혼자서도 세상을 향해 날개를 펼칠 수 있을 만큼 성장했음을 인정하기로 했다.

손성한이 선택한 길 역시 단비를 성장시키기 위한 것이었지만 더 가다가는 꼰대나 혹은 고집불통 소리를 듣는 부모가 될 게 빤했다.

세상은 변했고 손성한이 하는 일 역시 그 변화에 재빨리 순응해야 살아남을 수 있는 IT 업종이다.

"…그런데 말이다, 단비야. 사백께서 소개한다는 청년이 네 인연이 될 수도 있지 않겠니?"

사백이 가볍게 그런 말을 던질 리 없다는 것을 아는 손성한은 아쉬움을 감추며 다시 한 번 물었다.

"상관없어요. 제 인연은 제가 선택하고 만들어 갈 거예요. 믿어주세요, 아빠."

"…어제 말했던 그 청년을 두고 한 말이냐? …사실… 우리 딸 마음을 다 가져가 버린 것 같아 질투 나는데?"

"아빠~호호, 아빠는 아빠잖아요. 세상에 한 분뿐인 제 진정한 후원자요~"

살짝 삐친 척 인상을 쓰는 손성한을 향해 싱긋 윙크를 해 보이는 손단비.

마음이 한결 편해진 모습의 그녀는 겨울 끝자락에 피어나는 연보랏빛의 제비꽃 같았다.

'모르는 사이… 성숙한 여인이 돼 버렸구나……'

손성한은 어제서야 단비의 마음 속에 한 청년이 들어와 있다는 사실을 알게 됐다.

딸의 입을 통해 직접 듣게 된 이성을 향한 순수한 여인의 마음.

아버지 손성한의 눈에 딸 단비는 사랑을 시작하고 있었다.

"아빠, 여기 정말 아름다워요."

어제 게임에서 우승을 했다고 다 끝난 게 아니었다.

오픈 대회 우승자와 상위권 선수들은 후원자들과 함께 다음 날 바로 라운딩을 하는 게 의례적 행사였다.

오전 일찍부터 오후 2시까지 스케줄을 소화하고 자가용 비행기로 이동해 온 샌프란시스코.

저녁 8시까지 오라는 사백과의 시간 약속을 지키기 위해 분주하게 움직였다.

늦지 않게 도착한 소살리토의 대저택.

LA에서 샌프란시스코까지 단비가 가는 곳이면 함께 이동하는 은색 리무진 안에서 바깥을 바라봤다.

경사진 언덕을 오를 때 멀리 펼쳐진 저녁 풍경은 한눈에 봐도 아름다웠다.

어느 곳을 여행하더라도 대도시가 연출해 내는 야경은 인간의 오욕을 자극하는 마력을 풍겼다.

출렁이는 파도와 도시의 불빛들이 어울러지며 만들어내는 풍경.

"집을 옮기고 싶은 생각은 없는 거니?"

넋을 놓고 바깥 풍경에 빠져드는 단비를 바라보며 손성한이 물었다.

그렇게까지 마음에 든다면 딸을 위해 아담한 집 하나 정도는 마련해 줄 수도 있었다.

더욱이 이곳에 사백이 머무는 한 마음 편히 단비를 혼자 있게 해도 되었으니 말이다.

"아니에요……. LA가 좋아요."

그간 함께했던 은다혜는 국내 대회 출전을 위해 출국했다.

단비와 달리 실전 경기가 부족해 감각을 잊어버릴 수 있어 준비 기간이 필요하다고 했다.

다시 혼자가 되었지만 단비는 익숙한 LA 집이 좋았다.

'내일은… 민이를 만날 거예요.'

손단비는 마음을 확고히 했다.

강민을 만나 그동안 쌓아 두었던 마음을 정리할 필요가 있다고 생각했다.

그를 기다리며 보낸 시간들을 헌신짝처럼 던져 버리고 끝낼 수는 없었다.

자신이 돌아봐도 강민을 향한 마음은 너무나 순수하고 깨끗했다.

단비는 강민을 향했던 마음과 그 시간들에 최소한의 예의를 보이고 싶었다.

강민의 마음이 자신만큼 크지 않아도 상관없었다.

"시간이 늦지는 않았구나……."

아직 약속한 사백이 정한 시간이 조금 남아 있었다.

미리 손성한은 사백에게 연락을 넣어 8시에 정확하게 도착한다고 말해 놓았다.

다른 어떤 단체보다 말 한마디 토씨 하나에도 신의를 따지는 도인을 상대하는 일.

약속한 시간에서 단 1분이라도 지체되면 불호령이 떨어지는 건 기본이다.

"하아."

아무리 마음의 결정을 내려놓은 상태였지만 본인의 뜻과 상관없이 자리를 해야 하는 맞선 자리.

마음을 추스르는 단비의 입에서 진한 한숨이 흘러나왔다.

어서 오늘이 지나고 내일이 와 주기를 바랐다.

딸깍.

마지막 요리 금사요룡해삼이 완성되었다.

붉은 꽃이 화려한 도자기 접시 위에 먹음직스럽게 담아냈다.

제시카의 대저택 주방은 부족한 것 없이 모든 게 완벽하게 갖춰져 있었다.

양 도사의 저택 주방도 꽤 괜찮았지만 아무래도 제시카의 집보다는 못했다.

차려주는 식사에 여유로운 시간을 보낼 줄만 알았던 나의 집.

도우미도 다 물리고 직접 주방에 들어와 2시간 동안 정신없이 요리들을 준비했다.

밝은 분위기의 통 원목으로 마감되어 있는 주방.

마루까지 원목으로 이어져 있고 대형 대리석 식탁은 열 명 정도가 앉아도 넉넉할 만큼 컸다.

편안하고 푹신한 회색 양탄자가 포인트를 주었고 대형 식당에서나 사용함직한 가스 오븐에 화력 좋은 가스레인지도 두 개나 있다.

식재료들이 넉넉하고 다양해 요리를 준비하는 데는 무리가 없었다.

'다, 다 끝났다!'

이렇게 가다가는 몸이 두 개라도 모자랄 판이었다.

오후 2시 경기 직전까지도 일과는 눈코 뜰 사이 없이 바빴다.

아침 수련 끝나고 양 도사의 아침 수발이 이어졌고 뒤 돈벌이까지 뛰어야 했다.

환경과 조건만 달라졌을 뿐 설악산에서와 바뀐 게 없었다.

온종일 머릿속을 지배하고 떠나지 않았던 손님맞이에 최선을 다하라는 양 도사의 주문.

눈으로 직접 확인해야 할 싱싱한 식재료들.

미리 요리 목록을 정하고 저택 관리인을 시켜 장을 봐두도록 한 게 시간을 벌었다.

괜히 어설프게 장을 봤다가는 입맛 까다로운 양 도사 양에 차지도 않을 것이고 구박만 받을 게 뻔해 재료는 최고 좋은 것들로 주문했다.

조리시간이 짧고 빠르고 간편하면서 편하게 식사할 수 있도록 중화요리 코스를 준비했다.

좋기야 한정식이 좋겠지만 한식 요리는 절대시간이라는 게 필요한 만큼 여건이 되지 않았다.

또 양식이나 이탈리아 요리는 양 도사가 질색하는 메뉴로 패스했다.

'전생에 돼지하고 원수를 졌나……. 그렇게 먹고 질리지도 않나…… 우엑. 도대체 한이 얼마나 깊기에 탕수육만 찾는 거야…….'

양 도사의 탕수육 사랑은 진정한 사랑이 아니었다.

애증과 집착이 뒤섞인 감정이 식욕과 맞물렸고 그 음식이 탕수육이 된 것뿐이었다.

최근까지도 탕수육을 앞에 놓고 앉아 입만 열면 턱이 빠져라 힘주며 쏟아놓던 젊은 청춘 시절의 로맨스.

달랑 한 여인을 만나본 게 끝이었지만 그 여인의 배신이 얼마나 진했던지 벗어나지를 못했다.

수련을 그토록 오랜 세월 하고 도를 닦아 선계를 오가면 무엇하겠는가.

이미 죽어 백골이 진토 되었을 여인인데 탕수육만 보면 매번 한스러움을 토해냈다.

'여자가 한을 품으면 서리가 내린다고… 껌도 아니지. 양 도사 한은 100년이 가도 풀리지 않는 것을 보면… 한 쌓지 말아야지.'

사실 양 도사를 남자라고 말하고 싶지도 않았다.

한 번 실연으로 설악산 입산수도에 들었다면 아마 다 웃을 것이다.

첫사랑에 실패했어도 제아무리 한이 깊다한들 100년은 너무한 세월.

분명 양 도사는 그 여인을 원망하고 있는 것이 아니라 이루지 못한 사랑에 미련이 남아 집착하는 게 분명했다.

그럴싸하게 포장한 사랑에 배신당했다고 말하며 아예 공개적으로 그리워하는 꼴이라고나 할까.

이미 흘러가 버린 시간을 여태 잡고 앉아 의미 없는 과거를 청산하지 못하고 있었다.

사람이란 본래 누군가에게 당하면 그를 원망하는 것으로 마음을 풀기도 하니까 말이다.

어떻든지 간에 양 도사도 사람의 탈을 쓴 사람이 아니겠는가.

'요리 하나는 진짜 잘한단 말이야~'

완벽하게 준비된 중화요리 코스 메뉴.

싱싱한 굴과 해삼이 일품인 오품 냉체부터 양장피 잡채, 금사요룡해삼.

보기만 해도 울렁거리는 지긋지긋한 탕수육과 큼지막한 탕수도미 요리까지 눈으로 보고 있어도 마음이 흐뭇했다.

내공까지 써 정성을 들인 만큼 요리가 품고 있는 기도 오래 지속됐다.

보통 요리들은 조리가 끝나고 차려내면 10분 정도만 지나도 기가 다 빠져 본래 맛을 음미하기가 힘들다.

하지만 이렇게 내공을 써 코팅처리를 하게 되면 적어도 30분 정도는 처음의 그 맛을 그대로 유지할 수가 있다.

"다 끝났느냐?"

거실에 앉아 텔레비전만 주구장창 보던 양 도사가 귀신같이 알아채고 물었다.

"네~! 다 끝났습니다!"

"그럼 잠시 나오너라."

"넵!"

더 이상 완벽할 수는 없었다.

어제 오늘 쌓인 스트레스는 오늘 경기를 하며 다 풀어버렸다.

다저스와의 3연전 첫날이었던 오늘 경기.

에이스였던 커쇼의 1회말 1구를 통타해 솔로 홈런을 뽑아냈다.

다음 타석에서도 연타석 투런 홈런으로 강판 시켜버렸고 이후부터는 제대로 공을 던지는 투수가 없어 포볼로 걸어 나가 그라운드를 한바탕 휩쓸었다.

결과는 10대 1의 대승.

예상대로 경기장 분위기는 난리도 아니었으며 경기가 끝난 뒤에도 자이언츠와 나를 연호하는 함성은 꽤 오랫동안 계속되었다.

이런 점에서 야구는 제법 괜찮았다.

스트레스도 풀고 그만한 보상도 따라와 주니 이만한 직업도 없다 싶었다.

'…오시기로 한 분들이 한국 분인가?

귀한 손님이 올 거라고만 했지 다른 말은 따로 하지 않아 정확하게 알지 못하고 있었다.

다만 양 도사가 퇴근(?)하고 돌아온 나에게 푸른색 상의와 유백색 하의의 개량 한복을 내밀었고 그것으로 짐작할 뿐이다.

차이나타운에서 만든 듯 메이드 인 차이나 냄새가 강했으나 의외로 몸에 착 감기는 개량 한복이었다.

사실 머리털 나고 한복이란 것을 처음 입었다.

설악산에서도 수련을 시킨다고 의복을 챙겨주기는 했으나 거의가 다 낡은 추리닝이나 찢어진 청반바지가 다였다.

'품질 차이가 너무 나는 거 아니야?

거실 중앙에 놓여 있는 떡 벌어진 대형 이태리 가죽 소파.

그 위에 불량한 포즈로 비스듬히 누워 100인치 티비를 보고 있는 양 도사.

내가 입은 개량 한복과는 질적으로 달라 보이는 도복을 입고 있었다.

옷발도 잘 받고 무늬만 신선인 폼도 잘 어울렸다.

허연 수염까지 옵션으로 한몫하면서 인간 세상에 내려온 신선이 따로 없었다.

까딱까딱.

"여기 앉아봐라."

캘리포니아를 넘어 미국 전역의 스타로 발돋움하고 있는 나였지만 집에서는 애완견 취급을 당하고 있었다.

"네, 스승님!"

물론 피는 부글부글 끓었지만 행동만큼은 완벽히 자재하며 길 잘 들여진 개 못지않은 충성심을 보였다.

아무리 하늘을 나는 스타라 할지라도 양 도사에게는 먹히지 않는 간판이었다.

까라면 일단 까야 하는 설악산 정신.

이국땅이라고 달라질 건 없었다.

처럭.

소파에 편하게 누운 양 도사와의 거리는 약 2미터.

곧장 바닥에 무릎을 꿇고 손을 펴 무릎 앞에 삼각형 모양으로 모아 고개를 조아리며 스승에 대한 공경과 예를 보였다.

배운 것을 제대로 써 먹지 못하면 더 호되게 갈굼을 당하던 시절의 뼈아픈 기억이 무의식중에도 몸가짐을 반듯하게 했다.

"억울하냐?"

"아, 아닙니다!"

'…이 양반이… 사람 놀리나!'

설악산에서 당하고 살다가 이제 세상에 나가 발가락에 떼 좀 벗으려나 한 순간 훼방을 놓고 억울하냐니.

억울함을 넘어 환장할 지경이었다.

하지만 양 도사 성질을 아는 이상 절대 내색하지 않았다.

괜히 부드럽게 묻기만 하고 나온 대답에 따라 희번덕거리는 성질이라 속고 싶지 않았다.

일언반구 없이 설악산을 벗어나 태평양을 건너 버린 나를 쉽게 용서할 리 없다.

그나마 벌이가 좀 나아진 것 때문에 눈감아주고 있는 것이다.

언제라도 눈에 걸리고 수틀리면 어떻게 나올지 몰랐다.

그야말로 양 도사는 세상에 무서울 것 없는 유아독존이었다.

"…꼽고 더럽더라도 참아. 선대 업이 이자까지 붙어 너한테 간 것이야. 이번 생에 깔끔하게 정리하자."

"……."

"……."

무슨 소리를 하고 싶어 또 그런지 몰라. 멀뚱이 쳐다보았다.

그런데 양 도사도 더는 말없이 나를 지그시 바라보았다.

"선대 업이라니요?"

이런 경우는 처음이었다.

그리고 금시초문의 돌발 발언을 하는 양 도사의 속을 알 수 없었다.

표정을 보아하니 양 도사와 나의 인연이 선대에서부터 시작되었다는 말 같았다.

'뭐야… 12대 조상이 노름판에 엮이기라도 했단 말이야? 그것도 아니면… 시조 할배하고 뭐 패싸움이라도 했어?'

이제는 하다하다 별 억지를 다 쓰려하고 있었다.

아무려면 나 같은 인물을 후손으로 본 조상들이 양 도사 같은 악덕 사기꾼과 엮였을 리 만무했다.

내 조상들이 양 도사와 엮일 하등의 이유가 없었다.

바꿔 말해야 옳은 말일 것이다.

이번 생에 나를 꼬봉 삼아 한 세상 편히 살다 가고 싶다는 말처럼 들렸다.

하지만 달리 들으면 양 도사가 나를 이리 부려도 될 만큼의 선업을 쌓았다는 소리도 되었다.

자칭 설악산 큰도사 소리를 듣고 사는 이치에 통달한 도인이라 허튼 소리는 하지 않았다.

머리를 재빨리 굴려봤지만 양 도사가 하는 말의 참뜻을 파악하기 어려웠다.

"네 아둔한 도로 어찌 업의 고리를 풀 수 있겠느냐."

비스듬히 누운 자세는 흐트러짐이 하나도 없었다.

자세를 유지한 채 도가 낮은 나를 무식한 놈 취급하며 바라보았다.

'그런 게 있으면 진작 좀 알려주시지……! 먹고 살만 해지니까 나타나서 뜯어갈 것 많아지니 별 핑계를 다 대고 계시네!'

허튼 소리까지는 아니었지만 설득력도 떨어지고 납득도 가지 않았다.

"내가… 청년 시절 놓쳤다는 그 여인… 한때는 목숨처럼 사랑했던 그 여인의 이름이 어떻게 되는지 아느냐……?'

'원한의 100년… 그 할매? …말해준 적도 없는데 스무 고개 하시나…….'

"제자가 어찌 알겠사옵니까."

남의 연애사에 관심도 없었고 더더구나 양 도사를 이렇게 만든 할머니의 이름이 궁금하지도 않았다.

이미 다 썩어 한 줌 흙으로 돌아갔을 그분의 이름을 이제 와서 거론할 필요가 뭐가 있겠는가.

세월이 지날수록 원망이 옅어지기는커녕 더 진해져 정신까지 이상해지는 것이 아닌가 싶었다.

"조… 춘자였다."

'조. 춘. 자? 푸하하하하하하하!'

"큭!"

갑자기 목구멍을 비집고 터져 나온 웃음을 간신히 다시 밀어 넣었다.

100년 전 구라파 유학까지 갔다 왔다던 신여성 이름이 조춘자라니 정말 깼다.

할머니 세대 때 이름들로 알려진 말숙이 명자, 숙자보다 상위 버전의 작명 파워였다.

"다 지난 일이지만… 내 진정 그녀를 사랑했다. 아버지 쌀 판 돈을 훔쳐다 그녀와 비싼 다방 커피를 물처럼 마셨지…….유달리 몇 말 값은 족히 넘는 바삭한 탕수육을 좋아해… 아버지 금고를 많이 비워냈다."

'쯧쯧. 능력도 없으시면서 왜 그런 짓을…….'

본인은 능력도 되지 않으면서 부친 몰래 가문의 자금에 손을 대며 연애했다는 소리를 자랑처럼 늘어놓았다.

"참말… 행복했었지……."

양 도사는 한숨을 내쉬며 소파에 바로 누워 천장을 바라보았다.

오늘까지 들으면 정확히 101번째 과거 연애사에 얽힌 한탄의 소리다.

귀에 딱지가 앉을 지경이다.

"나의 정인으로 생각했는데… 그런 춘자 씨가 나를 버리고 개성 갑부 아들놈한테 시집을 갔을 때… 내 하늘은 무너져 버렸다."

'호오~ 그 할머니 신여성이 맞으셨네. 상대가 개성 갑부였어? …게임이 안 됐었군.'

"네에~"

서울 쌀집 아들과 개성 갑부가 붙었으니 요즘 말로 하면 재벌가를 두고 혼처를 저울질했던 신여성이 아닌가 말이다.

게다가 서울 쌀집 아들을 버리고 개성 갑부에게 갔다면 당시 상황으로 보아 대단한 땅 부자일 게 분명하다.

"춘자 씨가 탕수육을 먹을 때면 그 도톰한 입술이… 위 아래로… 오물오물… 달콤한 국물이 입술에 묻으면… 입 안에서 춘자 씨의 건강한 붉은 혀가 쑥 나와 핥곤 했지……. 나는… 춘자 씨의 모든 걸 사랑했다."

'…어디 아프신가……?'

괜히 걱정이 되기 시작했다.

이렇게 몰입해서 과거 얘기를 감정적으로 한 적이 없는데 오늘따라 좀 이상했다.

'…정신 차리세요, 스승님! 벌써 100년이나 지난 일이잖아요!'

여자 때문에 패가망신하는 일이 많았던 옛날이야기의 모범적인 답안처럼 들렸다.

이제는 내려놓아도 되련만 과거에 집착하고 있는 양 도사가 안타까웠다.

말에 담겨 있는 절절한 기운.

한 어쩌고 해도 여전히 조춘자라는 이름을 가진 여인을 잊지 못하고 있었다.

"업의 이자가 무슨 말인 줄은 알겠느냐?"

"네?"

또다시 진지한 눈빛으로 돌아와 묻는 양 도사.

"모르겠습니다."

업이 정확하게 무엇인 줄도 모르는 내가 어떻게 그것의 이자 계산법을 알겠는가.

"업이란 본시 행과 함께 식이 더해 만들어낸 결과니라. 의식에서 생겼다 사라지는 번뇌는 그 값이 매우 적거나 없다고 말할 수도 있겠으나 행으로 형태를 띠게 되면 마음 심보에 더해져 꽤 큰 업을 만들어 내게 된다."

"……"

또 무슨 말도 안 되는 소리를 하려고 그러는지 양 도사의 표정은 꽤 진지했다.

"파리가 날아다닌다고 귀찮아하며 그것을 죽일 때 쓰는 힘에 온 기를 담아 치면 그 값은 며칠 내로 살인과도 다를 바 없는 업의 파장을 낳게 되느니라."

'말도 안 되는 소리를… 파리 한 마리 죽였다고 그럼 살인이란 말이야?'

역시 예상했던 대로였다.

"그와 달리 사람을 죽이는 일이 벌어졌으나 그 일이 다른 많은 사람을 살리기 위함이었다면 그 결과는 악업이 아닌 선업이 될 수도 있다. 예부터 그것이 바로 살신성인의 이치니라."

알다가도 모를 소리를 하고 있는 양 도사의 말은 쉽게 이해가 가지 않았다.

"…내가 먹는 탕수육이 바로 그와 같은 이치에 놓은 음식이니라."

'미치겠네. 말을 알아듣게 좀 하시라구요.'

미곡상의 쌀을 얼마나 많이 내다 팔았기에 저리도 억울해하는 것인지 궁금했다.

지금 양 도사의 말은 그분에게 사 먹였던 탕수육 값이 두고두고 생각해도 아깝다는 말처럼 들렸다.

구두쇠도 저리 지독한 구두쇠가 있을 수 있을까 하는 생각마저 들었다.

외제 스쿠르지 영감과 쌍벽을 이룰 만한 양 도사.

파바밧.

'왜, 왜 나를 노려보시냐고. 그 탕수육 내가 먹은 것도 아

닌데!'

말을 잇다 말고 순간 살벌한 눈빛으로 나를 노려보았다.

종종 보았던 애증이 담긴 저 눈빛은 수련의 강도가 세거나 구타가 이루어질 때 봤던 눈이었다.

스슷.

나는 바짝 긴장하며 몸을 좀 더 낮추었다.

괜히 이런 날 찍혀봐야 망신살만 뻗칠 게 뻔했다.

띠링 띠링 띠리리리링.

'하필이면 이때…….'

별 화음 없는 휴대전화 벨소리가 탁자 위에서 요란하게 울렸다.

"받아 봐라."

"아닙니다. 스승님께서 말씀이 아직 안 끝나셨는데 어찌 제가 감히…….'

영혼 없는 말이 제멋대로 술술 흘러나왔다.

기계적으로 데이터화 돼 있는 스승 대하기 모드였다.

개나 사람이나 매에는 장사가 없는 법임을 몸소 깨달은 나였다.

"받아 봐! 너에게 중요한 전화니라."

'무, 무슨 말씀이야……. 누군 줄 알고.'

오늘따라 도통 알아들을 수 없는 말만 하고 있는 양 도사였다.

턱턱턱.

같은 말을 세 번째 하게 되면 당연히 주먹도 함께 날아들었기에 탁자가 있는 곳까지 무릎걸음을 걸었다.

'장씨 아저씨?'

대한민국에 있는 서울 장씨 아저씨의 번호가 떠 있었다.

아마 경기 직후라 축하 차 전화를 한 모양인 듯했다.

띠릭.

"여보세요."

"미, 민아……."

'큰누님?'

서울에서 큰누님처럼 따랐던 강영자 여사의 목소리가 들렸다.

하지만 뭔가 일이 있는 듯 감정에 복받쳐 울먹이는 음성.

무슨 일이 있는 게 분명했다.

"왜 그러세요. 집에 무슨 일 있는 거예요?"

아직 깡패들 잔당들이 장씨 아저씨 가족을 괴롭히고 있을 수도 있었다.

"민아… 흑흑, 불쌍한 녀석……."

'헉! 지금 내 상황을 알고 계신 거야?'

아무래도 생명의 위기(?)에 봉착해 있는 내 지금의 생활을 알고 있는 듯한 큰누님 강영자 여사의 걱정 가득한 말.

"누님……. 괜찮습니다. 이 정도는 아무것도 아닙니다."

서울에서 걸려온 나를 걱정하는 전화 한 통에 그만 마음이 격하게 요동쳤다.

세상에 누군가가 나를 진심으로 걱정하고 알아준다는 사실이 엄청난 위로감을 주었다.

생각했던 것보다 크게 다가왔다.

"아, 알고 있었니?"

"네? 뭐, 뭘 말입니까?"

흐느끼던 큰누님 강 여사가 진정되는 목소리로 물어왔다.

"혹시… 네 아버님 성함이… 강 동 자 명 자 쓰셨니?"

꽤 진지한 목소리로 정확하게 돌아가신 아버지 성함을 언급했다.

"어떻게 아셨어요? 제가… 말씀 드린 적이 있었습니까?"

늘 가슴에 묻어두고는 있었지만 쉽게 아버지나 어머니의 이름을 입 밖에 내지 않았었다.

"흑흑… 민아! 아이고~~~~~ 할머니!!!"

뭔가 확인 절차를 끝낸 듯 갑자기 전화기 너머에 대고 대성통곡을 하는 강영자 큰누님.

마치 수십 년 만에 상봉한 이산가족의 분위기였다.

"여보… 전화 바꿔 봐요."

그때 너머에서 아씨 아저씨의 목소리가 들렸다.

"여보… 우리 민이 불쌍해서 어떡해요……. 흑흑흑."

강영자 큰누님의 통곡소리는 여전했다.

'그 불쌍이 이 불쌍이 아닌 것 같으네…….'

양 도사가 미국까지 쫓아와 내 머리 위에 앉아 있는 것을 두고 이 난리가 난 건 아닌 듯했다.

"민아, 나다."

"예, 아저씨."

반가운 장씨 아저씨의 목소리 또한 낮게 가라앉아 있었다.

언제나 밝은 목소리로 나에게 힘을 주시고 걱정하셨던 몇 안 되는 인연들 중 단연 으뜸인 아저씨.

"아저씨가 아니라 이제는 종고모부라고 부르거라."

"네? 종고모부요?"

묵직하게 가라앉은 목소리로 뜬금없이 호칭정리에 들어온 장씨 아저씨.

세아 누나와 세라 중 한 명을 나와 엮어보려고 하셨던 분으로 장인어른이면 모를까 종고모부는 한참 떨어진 오버였다.

아무리 강 여사 누님과 내가 집안 항렬이라고 해도 이건 아니었다.

"잘 들어라, 민아······."

"네······."

제법 심각한 목소리.

"민이, 너와 우리 집사람이··· 사실은 오촌지간이라는구나."

쿠웅!

이건 또 무슨 소리란 말인가. 갑자기 뒤통수를 쇠망치로 얻어맞은 듯했다.

"네에???"

나도 모르게 반사적으로 큰소리가 나갔다.

항렬을 봐서 십촌이나 그 이상이라면 그럴 수도 있겠구나 생각이 들지만 오촌이라면 엄청나게 가까운 사이였다.

이 말은 돌아가신 아버지와 강 여사 누님이 사촌지간이어야 가능한 관계.

하지만 아버지는 독자였다.

할아버지와 함께 해외에서 살다가 어머니를 만나면서 한국에 들어왔고 이후 여생을 자유로운 영혼 마도로스로 살다 가셨다.

그런 아버지에게 사촌이 있었다는 소리는 금시초문이다.

더구나 강 여사 누님은 나와 항렬이 같았다.

"에잇~ 그럴 리가 없어요. 큰누님과 저는 같은 항렬인데 어떻게…….."

"민아, 네가 뭔가 착각을 한 모양이다. 28대손은 이름자에 동 자를 쓰고 29대손은 민 자를 쓴단다. …너는 강씨 집안 29대손이자 처가 쪽 집안의 장손이다."

"…!!!"

나는 내 귀로 듣고도 믿을 수 없었다.

지금까지 나는 부모님이 떠나신 후 친척이 있다는 생각은 해본 적이 없이 살아왔다.

그런데 세 살던 집 주인들이 나의 친척이라고 말하고 있었다.

게다가 내가 자신들 집안의 장손이라니.

'혹시… 내가 잘 나가니까 엮이려고?'

하지만 그건 또 아니었다.

장씨 아저씨 가족들은 모두 살만했고 그 정도로 저질 인격을 가진 분들이 아니었다.

"민아… 미안하다. 네가 피붙이인 줄도 몰라보고… 너를 고아로 살게 했으니… 흑흑. 이게 다 할머니 때문이야. 원망스러운 양반…….."

전화기 너머에서 멈추지 않고 들려오는 강 여사 누님의 오열.

'…할머니 때문이라고?'

나는 나와 부모님을 빼고 그 나머지 사람들의 삶은 전혀 알지 못했다.

그들이 어떤 과거사를 갖고 있는지조차 알지 못하고 있었다.

부모님 살아 계실 때 두 분이서 대화를 나눌 때면 밑도 끝도 없이 한번 찾아가 보라는 아버지를 향한 어머니의 권유가 가끔 있었지만 무슨 뜻인지 나는 모른다.

그럴 때마다 아버지는 할아버지의 유언이라는 말로 어머니의 말을 막았다.

또한 너무 어렸을 때 들었던 얘기들로 전혀 이해할 수 없는 대화들이었다.

물론 강씨 아저씨 말대로 내가 항렬을 잘못 알고 있었을 수도 있다.

부모님의 불의의 사고를 당하기 전 진주 강씨 시공공파 28대손이라는 말을 들었기 때문이다.

그게 아버지의 항렬인지 내 항렬인지 중요하지 않았기 때문에 지금까지 확인해 보지는 않았다.

"크, 큰누님… 아니 종고모님… 그게 무슨 말씀이신지요."

연속해서 정신없이 머리에서 터지는 폭탄들.

다시 장씨 아저씨의 전화가 강 여사 누님에게 넘어가는 듯했다.

강영자 큰누님이 정말 종고모 같다는 느낌이 확 들었다.

하지만 아직 납득이 되지 않고 풀리지 않는 의문들이 수백 개였다.

"할머니가… 흑흑. 네 할아버지, 그러니까 나에게는 큰아버지가 되시지……. 사이가 좋지 않아 의절하셨다. 그리고 가족들 간에 왕래가 끊어졌는데… 일이 오늘날 이렇게 되고 말았구나……. 미안하다. 할머니를 대신해서 사과할게… 흑흑……."

하숙집 아부머니가 사실은 엄마였네 하는 말처럼 순식간에 뒤바뀌어 버린 관계.

나에게는 한순간에 종고모가 되어 버린 강 여사 큰누님은 쉽게 울음을 그치지 못했다.

'할머니라면… 할아버지가 큰아버지… 그럼 아버지… 나에게는 증조할머니… 그 연배라면…….'

사삭.

나는 뭔가에 홀린 듯 말없이 눈을 지그시 감고 있는 양 도사를 돌아보았다.

눈을 감고 있었지만 회한에 젖은 표정이 그간 보아오지 못했던 모습이었다.

"호, 혹시 증조할머니 존함이… 조 춘 자 자 자를 쓰셨습니까?"

태어나 이렇게 떨리며 입을 뗀 적은 없었을 것이다.

"허헉! 미, 민이 네가 그걸 어떻게 알고 있니? 너에게 증조할머니 되시고 함자가 정확하게 그리 된단다."

쿵! 쿠구구궁! 쿠구구구구궁!

"커… 억."

거의 만톤 정도의 폭탄이 쉴 틈 없이 터지는 듯했다.

종고모의 입을 통해 확인된 이름 석 자에 그간 나에게 닥쳤던 모든 불행의 퍼즐이 하나로 맞춰지는 순간이었다.

설악산 양 도사가 여태까지 곱씹으며 원망했던 구라파 신여성의 정체.

약 100여 년에 가까운 세월 동안 양 도사가 한을 품고 살게 했던 그 여인이 바로 나의 증조모 할머니였다.

"휴우……."

그제야 천장을 향해 누워 있던 양 도사의 입에서 길고 긴 한숨이 새어나왔다.

'그, 그럼 지금까지 내가… 나도 모르는 나의 족보 때문에… 증조할머니 업… 때문에… 저분의 종노릇을 했단 말인가! 으아아아아아아아아아!

분명 목구멍에서는 사자후와 같은 비명이 터져 나와야 했지만 소리가 들리지 않았다.

그것은 오랫동안 양 도사를 겪어오면서 몸에 밴 자기방어기제가 발동한 것이었다.

절대 입 밖으로 새어나오지 않는 나의 비명.

그만큼 충격이 컸기 때문이기도 했다.

"하아……."

고작 입술을 비집고 나온 것은 또 다른 의미의 긴 한숨.

바로 직전 업의 이자 어쩌고 하며 알아들을 수 없는 말들을 늘어놓았던 양 도사.

양 도사의 입을 통해 나온 모든 업과에 관한 얘기가 나의 것이었다.

'…그래요, 증조할머니… 잘 하셨어요. 신여성다우셨네……. 쪼잔한 저 양 도사와 인연이 됐다면…….'

다만 진심으로 뼈골이 다 삭아 자연으로 돌아갔을 증조할머니에게 축하를 보내고 싶었다.

100년 전 변심한 여인이 먹은 탕수육이 아까워 그 여인의 증손자에게 이자를 계산하고 있는 도사의 수준이라니…….

자칫 나의 증조할아버지가 되었을 수도 있는 분이라고 생각하니 한편으로는 다행이라는 생각이 강하게 들었다.

딩동.

그리고 그때 현곤 벨이 울렸다.

오늘 오기로 한 손님이 도착한 것 같았다.

'…친절하기는 틀려먹었구나……'

마음을 추스르고 친절해야 하지만 양 도사가 초대한 손님.

스승이 미운데 어찌 스승의 손님이 반가울 리가 있겠는가 말이다.

받은 만큼 돌려줘야 하는 것 역시 양 도사가 말한 업의 한 부분이 아니겠는가.

분명 성심 성의껏 요리도 준비하고 마음가짐도 단단히 했었다.

하지만 확 비뚤어져 버린 심정.

앞으로 양 도사와 관련된 일은 무조건 불친절로 일관하기로 마음을 돌려먹었다.

아무려면 100여 년 전 인연에 기인한 원망을 그럴싸하게 합리화해 그의 증손자에게 업과를 치르라 말할 수 있단 말인가.

사기꾼, 사기꾼 했지만 이 정도일 줄은 몰랐다.

하늘이 있고 땅이 있으며 그 이치가 인간에게 고루 공평하다면 이건 결코 옳은 것이 아니었다.

'옥황상제께서 뇌물을 드시지 않고서야 이럴 수는 없다!'

노망이 나도 수십 년 전에 난 게 분명하다.

어서 빨리 몇몇 인간의 평안한 삶을 위해서라도 양 도사를 데려가 줘야 할 것이다.

진심으로 그리 되길 빌었다.

지금까지 손수 요리해 바친 탕수육 정도면 이자에 이자를 더해 깊었다고 해도 과언이 아닐 것이다.

그래도 하늘이 살아 있다면 이쯤 날벼락 몇 개 정도는 양 도사 머리 위에 날려줘야 맞았다.

제10장
그녀 그리고 나

딩동?

'이 정도였어?… 대단하구나……'

손단비도 익히 소문으로 들어 알고 있는 샌프란시스코 부자들의 저택들.

LA에 있는 단비의 집보다 몇 배는 좋아 보였다.

저택의 겉모습만 봐도 베버리힐즈에 대거 거주하는 대형 스타들의 저택과 비교할 만했다.

가까운 곳에 바다가 펼쳐져 있는 풍경은 LA에보다 훨씬 아름다웠다.

아버지 손성한이 종교와도 같이 섬겨왔던 사문의 사백이 거주하고 있다는 저택도 그중 하나.

현관 벨을 눌러놓고 손성한은 재빨리 옷매무새를 다시 한 번 살폈다.

얼마간 손성한의 일상적인 모습을 보지 못하고 지내온 손단비의 눈에도 아버지인 그의 모습은 그 어느 때보다 경건하고 조심스러워 보였다.

오랜만에 바라보는 손단비의 눈에 낯설어 보였지만 또 한편으로 신선하게 다가왔다.

집에서는 권위적인 모습이 강했고 사회에서는 잘나가는 교수님에 회장님 신분이다 보니 어느 한 모습으로 기억되고 있지 않았다.

과거 대통령과의 면담에서도 편안하게 악수를 하며 긴장하는 모습을 보이지 않았던 손성한이었지만 지금은 전혀 그렇지 못했다.

"다시 한 번 일러두지만 사백님께는 최상의 공경을 표하거라."

재차 손단비에게 주의를 주는 손성한.

"네……."

손단비는 짧게 대답하고 고개를 끄덕거려 보였다.

한물 간 조선시대 신파를 찍는 것도 아니고 스무 살이 되었다고 당장 맞선 자리를 만들어 놓은 건 이해하기 힘들었다.

하지만 아버지의 체면을 봐서 한 번은 자신의 의사를 정확하게 전달할 필요가 있다고 느낀 손단비.

'…내일… 만날 수는 있겠지…….'

몸은 여기 와 있었지만 마음은 영 딴 곳에 가 있었다.

연락을 따로 넣지 않고 구단으로 곧장 찾아가면 못 만나지는 않을 것이다.

단비는 골프계에서는 이름을 날리고 있는 스타였기에 구단에서도 문전박대를 하지는 못할 테니까 말이다.

아무리 맞선 자리라 해도 별 감흥이 없는 자리에 마음까지 다 할 필요성을 느끼지 못하고 있었다.

띠릭.

현관문이 안쪽에서 자동으로 열렸다.

"들어가자."

아직 주인은 얼굴을 내비치지 않았다.

"…주소가 맞아요? 아빠? 사백 할아버지가 사시는 곳은……."

"저기 옆에 있는… 저 건물이란다."

"네……."

손님이 현관 앞까지 와 벨을 눌렀음에도 얼굴을 비치지 않는 집주인에게 단비는 마이너스 점수를 매기고 있었다.

'…손님 맞는 법도 모르는… 졸부인가?'

선 자리라고는 해도 이미 마음에 다른 사람을 품고 있기에 별 호감이 발동하지는 않았다.

제법 세월의 흔적이 보이는 고풍스러운 건물 외관에 반해 내부로 들어서자 완벽하게 현대풍 럭셔리 인테리어로 리모델링된 공간이 나왔다.

"사백님, 자광입니다."

"들어오너라."

현관문을 열고 손성한이 발을 안으로 들이며 안쪽에 대고 정중한 목소리로 알렸다.

손성한의 뒤를 따라 들어가며 단비 역시 마음을 다시 한 번 가다듬었다.

아버지 손성한이 이렇게까지 예의를 차리는 자리라면 기꺼이 자신도 그에 못지않은 태도를 보여야 함을 잘 알고 있었다.

사백 어른 앞에 선 아버지 손성한의 얼굴에 흠이 돼서는 안 되는 일.

누가 뭐라 해도 손단비에게는 세상에 둘도 없는 하나뿐인 최고의 아버지였다.

'사백?'

양 도사를 물 먹인 증조할머니 덕분에 내 인생이 이렇게 꼬였다는 것을 이제 알고 거의 멘붕 상태다.

불친절을 다짐하며 마중도 하지 않고 있을 때 묵직한 중년 남성의 음성이 들려왔다.

양 도사를 사백이라 부른다면 나와는 사형제지간이 되는 사이다.

졸지에 종고모부 신분이 되어 버린 장씨 아저씨와는 대충 사정을 마무리했다.

곧 가족들과 함께 나를 찾아온다는 말을 남겼다.

'…오늘 도사들 모임이 있군.'

이제야 한상 제대로 차려내라는 양 도사의 말이 이해가 되었다.

요즘 세상은 참으로 넓고 도사 또한 많았다.

미처 생각지 못했지만 양 도사 수준이라면 미국에 도사 지부를 갖고 있었을 수도 있다.

"네 중매 자리다. 경거망동 말거라."

떡하니 집주인을 두고 본인의 집처럼 손님들을 들이면서 그것도 모자라 시한폭탄 하나를 던졌다.

'주, 중매!'

와르르 무너지던 정신이 번쩍 들었다.

양 도사에게 수익의 반절을 떼 받치는 것까지는 목숨 값이라 퉁친다 하더라도 이건 아니었다.

증조할머니의 업 타령을 하며 그 원한 갚음으로 나까지 팔아먹으려는 수작이었다.

'이, 이건 안 돼! 내 목이 달아나는 한이 있어도 이건 안 돼!!'

이것만은 무릎 꿇을 수 없는 일이었다.

돈이야 더 열심히 뛰어서 벌면 된다.

하지만 마음에도 없는 여인과 중매로 결혼을 해 한평생 살수는 없다.

'나에게는… 단비가 있다!'

아무리 아니라고 부정을 하고 아직 젊다고 위안을 삼아 봐도 가슴속 불은 꺼지지 않았다.

가슴 깊이 각인되어 버린 손단비.

첫 만남부터 특별했던 인연이었다.

물론 지금은 오해가 있어 만날 수 없지만 분명하게 풀고 기회가 주어진다면 진정한 연인으로 출발하고 싶었다.

기회가 좋았다.

같은 미국 땅 하늘 아래 알 만한 사람이면 다 아는 스타가 되어 있는 그녀와 나.

찾아가서 무릎을 꿇고서라도 단비에게 오해를 밝히고 용서를 구할 참이었다.

라스베이거스에서 마주친 은다혜가 분명히 말했었다.

단비가 지금까지 나를 기다리고 있었다고 말이다.

나는 그 사실도 모르고 행동했고 그것이 그녀에게 오해를 불러일으키기에 충분했다.

"네 마음에도 들 것이다."

"스승님! 이, 이건 아니라고 생각합니다! 아무리 스승님 뜻이……."

사박사박.

차박차박.

어느새 거실로 들어서 두 사람의 발자국.

"사백님을 뵈옵니다."

역시 낮게 깔리는 꽤 중후한 음성이 등 뒤쪽에서 들려왔다.

'사기꾼 도사를 사백으로 두었을 정도면… 제2의 사기꾼이 분명해!

양 도사로 인해 인식 깊이 박혀 있는 뿌리 깊은 도사들에 대한 불신.

오늘 날이 날이니만큼 확 삐뚤어지기로 마음을 먹은 터라 호감 같은 것은 애초에 없애 버렸다.

"옆에 아이가… 네 여식이더냐?"

"네, 부족한 게 많습니다. 사백님께서 어여삐 봐주십시오."

"허어, 곱게도 자랐구나. 하늘의 선녀보다 더 고운 자태로다. 눈빛을 보아하니 심성 또한 더없이 맑은 아이로구나."

'선녀급? 이 양반이 어디서 또 사기를 치려고!'

싫은 티를 팍팍 내며 기꺼이 응대해 주리라 마음을 다졌다.

양 도사의 사기 행각에 더는 넘어가지 않을 것이다.

어디 선녀보다 더 고운 얼굴이라고 하니 한 번 봐준다 하는 마음으로 막 고개를 돌리려 했다.

"사백 할아버지를 처음 뵙겠습니다."

"…!!!"

등 뒤쪽으로부터 들려온 고요하면서도 청아한 한 여인의 목소리.

눈알이 튀어나갈 정도로 정신이 번쩍 들었다.

'이, 이 목소리는!'

방금 전까지도 나의 마음을 애타게 했던 그녀의 목소리다.

파르르르.

온몸의 근육이 제멋대로 팔딱팔딱 뛰고 두근거렸다.

"오냐~ 오느라 수고했다."

한량없이 부드러운 양 도사의 응대.

듣다듣다 처음 듣는 비단결 위를 구르는 구슬처럼 부드러운 음성이다.

"뭐하느냐. 사형이 왔으면 냉큼 인사 올리지 않고!"

대번에 나에게 내뱉는 말은 곱지가 않았다.

하지만 이도 처음 대면하는 사람들 앞이라고 자중한 상태이 니만큼 진정되지 않은 마음을 어서 수습해야 했다.

증조할머니가 양 도사에게 탕수육만 얻어먹고 다른 곳으로 시집간 구라파 신여성이었다는 사실보다 더한 충격을 주고 있었다.

몸은 마음처럼 따라주지 않고 뻣뻣하게 굳고 고개도 돌아가 지 않았다.

'단비……'

그랬다.

놀랍게도 양 도사가 바로 전에 말한 나의 중매 상대가 단비 였던 것이다.

스윽.

떨리는 몸을 주체하지 못하고 천천히 돌아보았다.

마침 양 도사에게 인사를 하고 고개를 들던 단비와 눈이 마 주쳤다.

"아!"

한순간 나와 눈이 마주치자 단비는 신음을 토했다.

"사, 사형께 인사 올립니다."

도사의 제자임은 맞지만 도사는 아니라고 정식 호도 내려주지 않았던 양 도사였다.

나는 단비의 아버지이며 사형인 중년 신사에게 고개 숙여 인사를 올렸다.

"오! 자네가 K로군!"

단박에 나를 알아보는 단비의 아버지 사형.

바로 보니 꽤나 샤프한 인상에 턱선부터가 단단한 느낌을 주었다.

50대 초반 정도로 보였지만 풍기는 기운만큼은 20대 청년 못지않게 젊고 강했다.

사형으로서 나를 보는 단비 아버지의 눈빛에서 나에 대한 호감이 팍팍 느껴졌다.

"사제, 인사하게. 여기는 내 딸 손단비라고 하네."

'단비야……'

울컥 나도 모르게 가슴 저 깊은 곳으로부터 짜르르르한 느낌이 치고 올라왔다.

제멋대로 눈마저 촉촉하게 젖어들었다.

뭐라 말로 표현할 수 없는 서러움과 뜨거움 같은 게 교차하는 심정이랄까.

잠깐 스치듯 만나게 됐던 지난번 때와는 확연히 달랐다.

공식적으로 선을 보는 자리인데다 양 도사를 비롯해 단비의 아버지까지 동석하게 된 자리.

파바바밧.

사르르르.

단비와 나는 거의 동시에 눈을 마주쳤다.

그 순간 단비의 두 눈 속에 비친 나를 보았다.

그것은 단비 역시 나와 같은 마음이라는 사실을 깨닫게 해 주었다.

검은 두 눈동자가 심하게 떨리며 진하게 젖어들고 있었다.

더 이상 그 어떤 말도 필요 없다는 것을 너무 잘 알았다.

그녀와 나만이 알아챌 수 있는 뜨거운 감정이 마주선 우리 두 사람 사이를 흐르고 있었다.

"처, 처음 뵙겠습니다. 강민입니다."

나는 당황했다.

왜 내 입에서 처음이라는 말이 나오는지도 모른 채 고개까지 숙이며 인사를 했다.

스르륵.

누가 봐도 예의 반듯하고 깍듯한 자세의 정성스러운 인사.

"손단비… 입니다. …만나 뵙게 돼서… 반갑습니다."

단비 또한 나를 처음 대하듯 인사를 해왔다.

"자광, 어떤가? 두 사람이 꽤 어울리지 않는가?"

"사백님, 한 쌍의 용과 봉황이 따라 없습니다."

"그렇지? 흐흐. 내가 내 앞가림은 못해도 중매는 기가 막히게 서지 않겠나. 자네 안사람을 스승에게 연결시켜 자광 너에게 보내준 게 나였다. 그 사실도 몰랐을 게야."

"네에! 그, 그런 일이 있었습니까!"

"깊은 인연이 때로는 여러 조건으로 멀어질 때가 있지. 이번 생에 꼭 만나야 할 인연이라면 주변 아는 자가 나서서 성사시켜주는 것이 좋아. 그 또한 선업이라네."

귓가에 쟁쟁이 울리는 양 도사의 말.

'스, 스승님! 만세! 만세! 만만세!!!'

이제 더 이상 스승님을 양 도사니 사기꾼이니 부르지 않으리라.

그깟 돈 벌어서 통장에 팍팍 꽂아드려도 이제는 아깝지 않았다.

탕수육?

매일 특대로 튀겨서 아침, 점심, 저녁 삼시 세 끼를 빠짐없이 챙겨드릴 수도 있었다.

다시 만나게 된 단비.

'보고 싶었어… 단비야……. 그리고…….'

나를 향해 얼굴을 붉히며 두 눈이 촉촉이 젖은 채 따뜻한 눈빛으로 바라보는 단비.

'사랑해…….'

스무 살에 찾아온 사랑.

뜨거운 감정이 나의 온몸을 감쌌다.

이제는 주저하지 않고 확실하게 말할 수 있다.

사랑.

나의 첫사랑은 누가 뭐라 해도 단비였다.

"요즘 애들 참 진도가 빠르단 말이야……."

"의외입니다. 단비가 보기보다 보수적이고… 좋아하는 남자가 있다고 말하더니… 데이트까지 나가다니요……."

"쯧쯧쯧."

양 도사가 혀를 찼다.

손성한은 갑작스러운 단비의 심경 변화에 적잖이 놀라고 있었다.

창밖으로 넓은 정원을 나란히 걷고 있는 두 청춘남녀를 바라보는 손상한의 마음이 묘했다.

"아직 네 도는 도도 아니다."

"…어찌 불초한 제가 사백님의 한량없는 도를 따라갈 수 있겠습니까."

양 도사의 수준 높은 구박에 황급히 고개를 숙이는 손성한.

"누가 그 도를 말한 것이더냐!"

다시 호통이 이어졌다.

"부족한 저에게 가르침을 주십시오."

딸 단비와 양 도사의 제자 강민의 분위기가 좋자 살짝 정신을 풀고 있었던 손성한.

화들짝 놀라며 고개를 팍 수그리며 쪼는 모습을 보였다.

현관문을 들어서긴 직전까지만 해도 분명 단비의 모습은 도살장에 끌려온 소 같았다.

그런데 강민 사제를 보자마자 얼굴에 홍조까지 띠며 전혀 다른 표정이 되었다.

　며칠 동안 사랑하는 사람 어쩌고 하며 극구 사양하던 단비였다.

　아버지 이전에 남자인 손성한도 다시 한 번 딸자식을 떠나 여자의 마음은 갈대와 같다는 것을 다시 한 번 깨달았다.

　처음 만난 남자에 대한 호감 이상의 감정까지 드러내 보였다.

　물론 강민이 준비한 요리 또한 일품이었으나 그 음식을 다 먹도록 입가에 미소를 지우지 못하던 단비의 모습은 서운하기까지 했다.

　차까지 마신 뒤 강민의 청에 정원 산책까지 따라나섰다.

　"자광! 넌 자식도 없는 나보다 네 여식의 마음을 그리 모르냐? 쟤들 딱 보면 감이 안 와?"

　복잡한 표정을 한 손성한을 향해 양 도사가 일침을 놓았다.

　"참 잘 어울리는 두 사람입니다만… 무슨 문제라도……."

　"쟤가 네 여식인 것은 맞느냐?"

　"…네."

　"잘 봐! 사랑하는 사이야. 저 두 사람 정실 인연이야. 그것도 하늘이 허락한 깊은 인연이란 말이지!"

　"사, 사랑요? 사백님… 그건… 오늘 처음 만났는데 어찌 그런……."

　"그래서 너는 안 되는 거야. 바보 같은 놈."

　사회적인 지위 또한 남부럽지 않을 만큼 올라 있는 손성한을 바보 취급하는 양 도사.

"입에서 나온 말만 신경 썼지 둘이 나누던 밀담을 눈치채지 못했구나. 내 그래서 여우같은 아이를 네 짝으로 맺어준 것이야. 네 사부가 어찌나 네놈의 둔함을 한탄하던지……."

"소, 송구하옵니다."

"자광아……."

기가 있는 대로 죽어 있는 손성한의 호를 부르며 천변만화하는 양 도사의 목소리.

또 어느새 한없이 부드러운 음성으로 바뀌어 있었다.

"말씀하시옵소서."

"둘은 진작부터 알던 사이다. 한국 고등학교에서부터 인연이 있었어."

"허억!"

"놀랄 것 없다. 자승이 한국 고등학교 교장이지 않느냐."

"아!"

"그렇지. 왜 처음 만난 것처럼 행동했는지가 궁금한 것이냐?"

이미 손성한의 궁금증을 다 파악하고 있었던 듯 혼자 묻고 답하기를 계속하는 양 도사.

"때로는 과거를 잊고 새롭게 시작하고 싶을 때가 있는 법이니라. 운 좋게 저 둘은 오늘 그 기회를 잡았고 놓치지 않은 게지. 구업은 끊고 선업으로 가득 찬 새로운 인연을 시작하는 놀라운 운대가 오늘 마침 열렸느니라. 어차피 만나야 할 인연은 죽어서도 만나게 되는 법. 둘의 인연이 그러하니 참고하거라."

"아, 알겠사옵니다."

손성한 앞에서 생전 처음 보는 사람들처럼 행동했던 단비와 강민.

사백의 말을 듣고 괘씸하다는 생각보다 뭔가 잡힐 듯 잡히지 않는 아련한 감정이 느껴졌다.

수십 년 전 아내를 처음 만났을 때 손성한이 품었던 그런 마음과 비슷한 향기가 이제야 맡아졌다.

"자~ 이제 가서 술 한잔 더 하자꾸나. 만나서 풀어야 할 업 하나가 해소되었으니 오늘 또 어찌 기쁜 날이 아닐소냐. 허허허."

긴 수염을 어루만지며 주방으로 다시 걸음을 옮기는 사백.

'내가 어린 녀석들에게 당했군. 허허.'

좀 더 거리가 멀어진 두 사람.

창밖을 내다보는 손성한의 눈이 그들의 뒤를 쫓아 함께 정원을 거니는 듯했다.

다정하게 어깨를 마주하고 걷고 있는 두 사람의 모습이 편안해 보였다.

한 걸음씩 잔디를 밟으며 말없이 걷고 있었다.

'좋을 때지……'

달리 할 말이 없었다.

지나온 인생을 돌아봐도 뜨거운 마음을 나누었던 그 청춘의 시간만큼 열정적이었던 적도 없었다.

손성한 자신에게도 또 정원을 걷는 저 두 사람에게도 다시 오지 않을 참 좋은 오늘이 지나가고 있었다.

"앉을까?"

"응……."

강민이 부드럽게 말을 건넸다.

귓가를 울리는 그의 달콤한 음성은 달라진 게 없었다.

스쳐 지나갔던 라스베이거스의 만남은 아무것도 아니었다.

3년 전 한국 고등학교 골프 연습장에서 마주했던 그날의 연장일 뿐.

그때처럼 여전히 강민은 눈빛은 따스했고 건네는 말 또한 다정했으며 행동 하나하나가 다 부드러웠다.

'다 오해였어… 미안해.'

단비는 확신했다.

굳이 물어볼 필요성도 느끼지 못했다.

학교 재학 중에도 강민은 교내 여학생들에게 인기가 많았다.

하지만 단비에게만은 특별한 눈빛을 보냈었다.

지금처럼 깊숙한 곳에서 피어나는 진한 그리움과 감정들이 눈동자에 그대로 전해져 왔다.

단비 또한 강민을 보는 눈이 다르지 않았다.

마치 두 사람 사이에 흐르는 감정은 아주 오랫동안 사랑을 해온 사람들 같았다.

잠깐 스치듯 지나간 사람이었지만 단비는 알 수 없는 믿음에 3년 동안 강민을 향한 마음을 키워왔다.

다른 대안이 단비에게는 없었다.

그저 그립고 보고 싶었으며 그냥 믿었다.

잠깐 오해로 흔들렸던 건 사실이지만 그것도 오래 가지 않았다.

뿌리 깊은 나무처럼 강민에 대한 신뢰는 쉽게 깨지지 않았다.

아마도 기억에도 없는 아주 오래된 인연 같은 느낌이었다.

"경치 좋다~"

강민이 직접 요리한 음식들로 맛있는 식사를 했다.

처음 알게 된 강민의 요리 솜씨.

의외로 요리 실력이 없는 단비로서는 내심 안심이 되었다.

나중에 강민과 함께하면 적어도 음식 걱정 같은 건 하지 않아도 된다는 혼자만의 상상으로도 즐거웠다.

아버지 손성한도 강민을 만족해했다.

사백의 제자인 동시에 누구나 아는 메이저리그의 드래곤 K.

혼자 힘으로 좌절하기보다 오늘날의 명예를 얻었다는 사실 하나로도 인정했다.

누구보다 자립심과 스스로 세운 명예를 가치 평가의 기준으로 삼아왔던 손성한.

강민은 그 점에 100퍼센트 합격이었다.

"아름다워……."

소살리토의 대저택의 장점 하나가 바로 정원에서 바라보는 바다 경치였다.

층층의 언덕에 세워진 저택들.

그중에서도 가장 위쪽에 자리한 강민이 살고 있는 대저택의 전광은 눈부시게 아름다웠다.

별들은 반짝였고 바다는 여전히 춤을 추었다.

"아무리 아름다운 풍경도… 너보다는 아니야."

"피이, 그러면서 다른 여자를 그렇게 안았던 거야?"

"무슨 소리~ 배트가 날아오는데 가만히 있을 남자가 어디 있어~"

"아만다가 그러던데~ 자기와 강민은 볼 것 다 본 사이라고 말이야."

"그건… 내가 당한 거였어. 세상에… 목욕하고 있는데 노크도 없이 벌컥 문을 열고 들어온 애는 뭐야! 아무리 미국은 지조가 개무시 당하지만… 그걸 자랑해?"

"왕화령은… 데이트한다고 경기도 내팽개쳤어~"

쿨하게 털어버리자고 몇 번씩이나 마음을 다졌지만 가슴속에 담아두었던 얘기들이 줄줄이 흘러나왔다.

어떻게 절제가 되지 않았다.

평생 가슴속에 묻어두고 병을 만드는 것보다 나은지도 몰랐다.

"사실… 화령의 아버지 덕분에 난 설악산에서 버틸 수 있었어. 은인에 대한 고마움을 그분의 딸에게 밥 한 끼 사는 걸로

라도 표하고 싶었을 뿐이야."

꼭 일일이 해명을 해야 하는 것처럼 단비의 말에 이유를 다
는 강민.

"라스베이거스에서… 아주 보기 좋던데? 그 여잔 무슨 관계
인데?"

"…구단주 딸이래. 나한테 실수한 게 있어서 사과의 의미로
밥 한 끼 산 것뿐이야."

"그럼 제시카 선생님은 어떻게 된 거야?"

"손단비! 사랑과 비즈니스는 별개야. 그리고 나 연상녀 안
좋아한다."

"거짓말! 장세아 선생님하고는 잘 지냈잖아?"

"육촌 누나야."

"정말?"

"호적 떼서 확인시켜 줘?"

"아, 아니야."

'하아, 나도 어쩔 수 없나 봐.'

오해만 풀면 된다고 생각했었는데 그렇게 되지 않는다.

사랑하는 남자라는 생각이 들자 그에 관한 모든 것들을 다
알고 싶어지는 손단비.

단비는 주체할 수 없는 자신의 수준 낮은 질문 공세에 스스
로 얼굴이 붉어졌다.

"그 남자 누구야?"

"누, 누구?"

"라스베이거스에서 봤던 그 녀석 말이야."

"이안?"

"그래. 그 골프한다는 녀석 말이야. 한국에서는 둘이 수상하다고 인터넷에서들 난리도 아니었다고……."

"치, 친구야."

"정말?"

"…믿어줘."

"알았어. 내가 그렇게 말하니까 용서해 줄게."

'용서?'

강민의 느닷없는 용서라는 말이 낯설었지만 기분이 나쁘지는 않았다.

"앞으로는 조심해 줬으면 해. 나도 오해할 만한 행동은 안할게."

"응……."

사귀자는 정식적인 절차도 없었지만 분위기가 묘하게 돌아갔다.

"아! 맞다!"

그때 갑자기 탄성처럼 한마디 지른 강민.

"왜? 무슨 일 있어?"

아무리 봐도 참 신기했다.

불과 얼마 전까지만 해도 세상에서 가장 보고 싶었으면서도 가장 미웠던 남자였다.

나란히 옆에 있으니 마치 3년 전 그때처럼 심장은 마구 뛰고 눈은 그만을 향했다.

"단비야······."

갑자기 진지한 표정으로 단비의 두 눈을 똑바로 쳐다보는 강민.

"왜··· 민아."

뭔지 모르지만 강민의 두 눈이 피할 수 없을 만큼 강렬해 단비는 얼굴이 붉어질 지경이었다.

그리고 두 손은 어쩔 줄 모르고 떨렸다.

바로 옆에 바짝 앉아 있는 강민에게서 뜨거운 기운들이 전해져 왔다.

"오늘 우리 선 본 거잖아."

"어······."

난로 앞에 앉은 듯 얼굴이 화끈화끈거렸다.

"그전에 우리······."

갑자기 자리에서 일어나 단비 바로 앞에 한쪽 무릎을 세우고 앉는 강민.

"······."

단비는 황당한 표정으로 아무 말도 하지 못하고 강민을 바라보았다.

"세상에서 가장 아름다운 단비야······. 내 옆에서 언제나 변함없이 함께 걸어 줄래?"

언제 꺾었는지 강민의 손에는 정원에 피어 있던 꽃 한 송이가 들려 있었다.

강민이 단비에게 정식으로 프러포즈를 한 것이다.

아름다운 영화 장면 속 주인공이 된 듯한 기분이 단비의 정신을 아득하게 했다.

평범하다 못해 없어 보이는 순간이었지만 심장은 100미터 달리기를 질주한 사람처럼 거칠게 뛰었고 두 눈가는 이미 가득 젖어 있었다.

'민아······.'

태어나 지금까지 살아오면서 그 어떤 날보다 행복한 이 순간.

늘 웃는 얼굴이었지만 눈빛만큼은 항상 진지했던 강민의 검은 눈동자.

그의 눈에는 오직 진실만이 담겨 있을 거라고 생각해 왔고 앞으로 더욱 더 그 믿음은 강해질 것 같았다.

어디선가 들었던 오늘만 살라는 말처럼 이 순간이 전부인 강민과 손단비의 마음은 진심으로 하나가 되고 있었다.

"응··· 많이 부족하지만 네 옆에서 함께 걸을게······."

스윽.

가만히 강민이 건네고 있는 꽃을 받아들며 그를 일으켜 세웠다.

스르륵.

무릎을 일으켜 세우며 가만히 단비 앞에 다가서는 강민.

"단비야··· 넌 진짜 사랑스러워······."

살며시 단비의 손을 끌며 자리에서 일으켰다.

사라락.

어떤 공식처럼 자연스럽게 단비의 몸이 강민의 품 안으로 빨려 들어갔다.

어른들이 직접 자리를 만들어 준 공식적인 선 자리.

두 사람은 더 이상 누군가의 눈치를 봐야 할 이유가 없었다.

"고마워… 날 사랑해줘서……."

마음을 나눈 상대방에게서 그에 대한 확답과도 같은 사랑 고백을 듣는다는 것은 세상의 그 어떤 달콤함보다도 좋았다.

넓은 강민의 품에 안겨 그의 쿵쾅거리는 거친 심장소리를 들으며 단비는 지그시 눈을 감았다.

"단비야… 사랑해……."

은근한 음성으로 귓가에 들려온 강민의 목소리.

단비는 강민의 품에서 떨어져 얼굴을 들어 강민을 바라보았다.

그리고.

천천히 단비의 얼굴 가까이 다가오는 뜨거운 열기가 가득 담긴 붉은 입술.

'하아…….'

입술 밖으로 나오지 못한 단비의 진한 한숨이 다시 깊은 곳으로 밀려들어갔다.

사르르.

단비는 자연스럽게 눈을 감았다.

마침 강민의 등 뒤쪽 먼 바다로 유성 하나가 떨어져 내렸다.

'…우리 사랑… 지켜갈 수 있게 해 주세요…….'

속으로 간절한 소망 하나를 품었다.

화끈.

그 순간 뜨겁게 달궈진 도톰한 입술이 느껴졌다.

강민을 마음에 품기 시작하면서 무수히 꿈꿔 왔던 입맞춤.

첫 키스였다.

그간 품어왔던 단비의 꿈은 현실이 되어 붉은 입술 위에서 꽃을 피웠다.

일순간 어둠에 젖은 정원은 이름 모를 아름다운 꽃들이 반 발한 듯 환해지는 것 같았다.

세상에서 가장 아름다운 시간 속에 강민과 함께하고 있었 다.

제11장
제왕 마스터 K

"고국에 계신 국민 여러분, 정말 대단합니다! 야구 캐스터만 해오던 제가 난생처음 브리티시 오픈 대회 중계를 맡게 되었습니다! 제게 이런 기회를 준 미국 메이저리그의 우상 강민 선수에게 더없는 영광을 돌리는 바입니다."

"하하, 허일삼 해설위원님을 이런 자리에서 뵙게 되다니 영광입니다."

"골프 해설위원으로서는 대가이신 김재명 해설위원님과 함께하게 된 제가 더 영광입니다."

전 세계에 생중계로 방송되고 있는 브리시티 오픈 대회.

중계석에 앉은 NBC 방송국의 야구 해설위원인 허일삼과 골프 해설위원인 김재명이 서로 인사를 나누었다.

"작년 6월 경 자다가 홍두깨를 맞은 적이 있었습니다. 강민 선수가 메이저리그에 갑자기 등판하면서 새벽에 연락을 받고 부랴부랴 중계방송을 하게 됐습니다. 그런데 오늘 다시 한 번 그에 못지않은 대사건이 일어났습니다. 출국하기 이틀 전인 그제 또다시 방송국으로부터 연락을 받았습니다."

"오늘 중계를 맡게 되셨군요."

"네, 맞습니다. 야구 해설을 주로 하는 저에게 골프 해설을 부탁한다는 아주 어이없는 제안을 받았습니다."

"아주 놀라셨겠는데요?"

"아닙니다."

"……."

"사실 그 반대였습니다. 아주 즐겁고 유쾌했습니다. 강민 선수가 아니었다면 제가 언제 이곳까지 날아와 휴가를 즐길 수 있겠습니까. 작년 월드 시리즈 마지막 7차전에서 보여주었던 퍼펙트게임 이후 또다시 흥분되는 날을 맞고 있습니다."

"정말 대단했죠. 뉴욕 양키스와 붙은 7차전의 대혈투. 강민 선수가 1회전과 4회전 그리고 마지막 7연전에서 승리하지 못했다면 월드시리즈 우승은 꿈도 꾸지 못했을 겁니다. 당시 강민 선수가 7차전에서 승리를 거두자 월드컵 응원 때만큼이나 많은 사람들이 거리로 쏟아져 나와 축제를 즐겼지 않겠습니까."

"대~ 단했죠! 앞으로도 다시 볼 수 없는 명승부였습니다. 월드시리즈 7연전에서 3선발 3승에 구원승 하나. 그뿐입니까.

홈런 12개와 안타 13개를 뽑아내지 않았습니까? 거기에 볼넷 10개를 기록하는 출루율 10할을 찍으며 엄청난 대기록을 남기기도 했습니다."

"미국 메이저리그 경기가 끝난 뒤 약물을 비롯해 각종 테스트까지 할 정도였으니 말 다한 것이겠죠. 외계인이 지구인 탈을 쓰고 경기에 참가했다는 말도 안 되는 소리들이 나올 만큼 전 세계에 충격을 안겨준 사건 아닙니까. 당시 제가 본업인 골프보다 야구를 더 사랑하게 되는 계기가 되었을 정도니 말입니다."

"하하하. 김재명 해설위원만 그런 것이 아닙니다. 당시 대한민국 국민들 대부분이 야구팬이 되었을 정도니까요. 통산 타율 8할 5푼 5리에 출루율 0.954를 기록한 선수는 강민 선수밖에 없을 겁니다. 그뿐만 아니라 6월에야 메이저리그에 올라갔는데 월드시리즈를 제외하고도 홈런 92개, 안타를 무려 320개를 때렸습니다. 매일 홈런, 안타, 그리고 볼넷이 폭포수처럼 쏟아져 나와 강민 선수가 등장하면 상대팀은 패전 투수를 선발로 올리는 상황이 벌어졌죠."

허일삼 해설위원은 지금도 그때 생각을 하면 입이 귀에 걸릴 만큼 기분이 통쾌하고 좋아졌다.

메이저리그의 전설이 되어 있는 드래곤 K.

강민이라는 본명보다 드래곤 K로 더 많이 불리고 알려져 있는 사람이었다.

"그랬던 강민 선수가 놀랍게도 오늘 또 한 번의 대사건을 만

들어 냈습니다. 브리티시 오픈 대회에 정식 출전하게 되면서 골프 선수로 다시 한 번 이름을 올립니다. 태국 촌부리에서 벌어졌던 디 오픈 퀄리파잉 시리즈 타일랜드에서 우승을 차지하면서 출전 자격을 얻게 된 것 아니겠습니까. 그때도 스포트라이트를 받긴 했지만 이렇게 직접 그린 위에서 보게 되니 감회가 새롭습니다."

"운동신경이 아주 무시무시합니다. 아무리 대단한 경력을 가진 타자라 하더라도 골프 선수로 다시 출발한다는 것은 어렵지 않겠습니까. 골프나 야구 두 스포츠가 모두 정교한 메커니즘이 가미된 근육 운동이 중점인데 말입니다. 특히 투수였던 강민 선수의 팔과 어깨 근육은 다른 근육들과 달리 특이한 곳들이 발달해 있는 상태로 골프 스윙으로 개발되는 근육과는 차이가 있는 것으로 압니다. 그런 차이를 단 몇 달 사이에 완벽하게 극복하고 골프 선수로 다시 태어날 수 있었다는 게 믿어지지 않을 정도입니다. 그야말로 하늘이 내린 운동의 마스터만이 가능한 일일 겁니다."

"하하, 운동의 마스터라. 제대로 보신 것 같습니다. 앞으로 강민 선수를 스포츠계의 마스터 K라고 소개해야 하겠군요."

오랜만에 전혀 스트레스가 없는 중계를 맡게 된 두 해설위원들은 신이 나서 열변을 토했다.

브리티시 오픈 골프 대회, 또 다른 명칭으로 영국 오픈이라 불리는 세계 메이저 4개 대회 중 하나다.

진정한 오픈 대회라 칭하며 영국민들의 자존심으로 여겨지는 대회다.

그러다 보니 영국왕립골프협회에서 주관을 하고 있다.

골프 종주국으로써 해가지지 않는 대영 제국의 영광을 나타
내는 듯한 대회로 인식된다.

그런 브리티시 오픈 대회에 아무 경력도 없이 도전해 정규
출전권을 따낸 강민.

수백 명에 이르는 프로와 아마추어가 도전한 아시아 예선전
을 가볍게 돌파했다.

경사도 이런 경사가 없었다.

단 한 번도 대한민국 선수에게는 허락되지 않았던 브리티시
오픈 대회.

여성 골퍼들은 몇 명이 승리를 거머쥐기도 했지만 쟁쟁한
프로들이 즐비한 남자 대회에서는 순위권에 든 적조차 없었
다.

상금보다는 명예가 우선시 되는 브리티시 오픈 대회.

올해 역시 쟁쟁한 프로 선수들이 승리의 은주전자 클라레
저그를 획득하기 위해 몰렸다.

"오늘 강민 선수 캐디가 인상적입니다. 국내 대회에서 여러
번 우승을 차지한 바 있는 임혁필 프로가 캐디로 등록되어 있
는데 말입니다."

"네, 저도 이상해서 알아봤는데 말입니다. 과거 강민 선수가
잠깐 다녔던 한국 고등학교 코치로 있으면서 그때 인연으로
여기까지 온 걸로 보여집니다. 그때 강민 선수도 골프 부원으

로 있었죠. 물론 강민 선수의 실력을 임혁필 코치가 가장 먼저 알아봤다는 소리도 있더군요."

"아, 그렇군요. 금시초문인 얘기군요. 과연 아름다운 사제 간의 정이 저런 광경을 연출한 거군요."

"요즘 보기 드문 모습 아니겠습니까."

선수들이 각자 짝을 맞춰 라운딩 준비를 하고 있었다.

총 나흘간의 경기 중 둘째 날까지 이어지는 예선전.

컷오프 탈락자를 결정지어 승부를 끌어내야 했기 때문에 선수들의 기 싸움은 사방에서 벌어졌다.

네 명이 한 조를 이루어 펼쳐지는 예선전.

"방금 들어온 속보입니다! 강민 선수가 우즈 선수와 예선조가 되었다고 하는군요."

"오오! 엄청난 뉴스군요. 세계 랭킹 1위에 올라 있는 우즈 선수와 한 조가 되다니 놀랍습니다."

"오늘 중계하는 맛이 제대로 날 듯합니다."

"작년 월드시리즈 경기 때만큼 흥미진진하게 경기가 운영되겠는데요."

두 해설위원은 다시 한 번 흥분을 감추지 못했다.

동반 라운딩 하는 선수의 실력에 따라 경기의 승패가 좌우되는 경우가 많았다.

나보다 멀리 날리고 정확하게 공을 홀에 집어넣으면 웬만한 정신을 갖고 있지 않고 끝까지 라운딩하기란 여간 힘들었다.

많은 선수들이 중간에 탈락하는 일이 비일비재하게 일어나는 것이다.

"어? 저, 저기 지금 화면에 잡히는 여성 갤러리 분은 눈에 아주 익습니다만……!"

"아! 맞습니다! 올해 브리티시 여자 오픈 대회 우승자인 손단비 선수네요."

"오오! 소문이 사실인 겁니까? 강민 선수와 손단비 선수가 연인 관계라는 얘기가 심심치 않게 들렸었는데 말입니다."

"아마도 그럴 겁니다. 어제 손단비 선수와 강민 선수가 두 손을 꼭 잡고 주변을 산책한 현장을 직접 목격한 바로는 말입니다."

"그렇군요. 정말 선남선녀의 만남입니다. 두 선수의 만남을 축복해 주고 싶군요. 완벽한 커플이 아니겠습니까."

"하하하, 두 사람은 전생에 우주를 몇 바퀴 들었다 놓았다 하는 인연을 쌓은 게 확실합니다."

"하하, 김 해설위원의 말이 사실처럼 받아들여지는군요."

그린을 비추는 카메라에 잡힌 갤러리들 무리.

그중에 검은색 모자를 눌러쓴 손단비의 모습이 잡혔다.

한창 라운딩 준비를 하고 있는 강민과 눈이 마주치자 그를 향해 손을 흔들어 보이며 미소를 띠었다.

그것을 본 갤러리들이 환호성을 터뜨렸다.

"아이고~ 우리 민이 대견하기도 하지~"

"호호, 이 종고모의 얼굴을 확 살려준다니까요~"

"여보, 플랜카드는 언제 펼치려는 거야?"

"기다려 봐요. 강씨 문중을 전 세계에 알릴 수 있는 기회이니… 민이가 우승하면 그때 같이 펼치면 되지."

"우승? 흐흐흐. 그래, 그때 같이 들면 되겠어!"

멀리 한국에서 오늘 경기를 보기 위해 날아온 장씨 패밀리.

여름을 맞으면서 휴가도 보낼 겸 응원 문구까지 새겨 응원기를 만들어 왔다.

새겨진 문구는 '진주 강씨 시중공파 파이팅'.

"히잉~ 아빠. 나 그이랑 휴가 가야 한단 말이야."

"시끄럽다! 넌 민이 좋다고 쫓아다닐 때는 언제고 그새를 못 참고 그런 놈을 만나서… 딱 봐도 깡패 냄새가 나서 난 싫어!"

"어머~ 아빠, 어떻게 그렇게 심한 말씀을. 이래봬도 우리 그이 늘푸른복지회 감사 맡고 있는 이 시대 마지막 남은 로맨티스트이자 자선 사업가예요. 이영식 회장님이 그이를 얼마나 신뢰하고 높이 평가하는데요."

"됐다! 더 말할 것 없어. 나를 아무것도 모르는 멍청이로 아는 게냐. 내 알아볼 만큼 다 알아봤다. 그 이영식 회장이란 작자가 강남 깡패들 대장이라고 하더구나."

"아빠! 늘푸른복지회 회장님이세요!"

"아빠, 조용히 좀 하세요. 경기 시작하려고 해요."

장세아가 큰 소리와 아빠와 언쟁을 높였다.

그와 반대로 지난해 강민이 집안 친척임이 밝혀지면서 한동안 시름에 잠겨 우울모드로 지냈던 장세라.

어느 순간 모든 걸 정리하고 담담하게 현실을 받아들이기로 마음먹은 뒤 많이 편해져 있었다.

이번 생에 자신에게 정해진 강민과의 운명은 친척 관계임을 겸허히 받아들인 것.

좋아하는 감정 하나만으로 밀어붙여 넘어설 수 있는 문턱이 아니었다.

더군다나 얼마 뒤 언론을 뜨겁게 달구며 이슈가 되었던 손단비 선수와의 열애설까지 터져 나왔다.

이후 장세라는 남자로서는 강민을 포기했지만 대신 오빠로서 맺어진 또 다른 인연에 엄청난 애정을 쏟았다.

"민아! 꼭 이겨다오! 네 덕분에 친구들한테 이번에도 자랑 좀 하자!"

선수들이 서 있는 필드를 향해 큰소리로 외치는 장기남.

요즘 같이 기가 꽉꽉 살아나는 때도 없었다.

월드시리즈 우승을 차지하고 홈런왕에 타격왕, 내셔널리그 사이영상까지 휩쓸었던 강민.

강민이 강씨 집안 장손임이 밝혀지고 난 뒤 장기남 인생에도 햇볕이 찾아들었다.

내세울 것도 변변하지 않았던 그가 자신이 강민에게 가장 친한 5촌 종고모부라 자랑하며 어깨를 펴고 다녔다.

그런데 이번에도 큰 사건을 몰고 온 강민.

워낙 골프를 좋아하는 친구들이 많았던 장기남 주변 사람들은 강민의 친필 사인 좀 받아달라고 아우성들이었다.

"우리 민이 파이팅~ 강씨 집안 장손 대들보 파이팅~!"

장기남의 목소리는 저리가라 할 정도로 크게 외치는 강영자 여사.

강민의 숨겨졌던 족보가 밝혀지면서 강씨 집안은 대대적 경사를 맞았다.

죽었는지 살았는지도 몰랐던 집안의 장손.

지난 여름 삼촌이 되는 강영자 여사의 부친을 비롯한 그의 형제들이 우르르 몰려와 강민과 뜨거운 혈족의 정을 나누었다.

"민이 오빠 사랑해~!"

이제는 더 이상 사랑 같은 걸 꿈꿀 수도 없는 사이였지만 오빠로서 진심으로 그를 사랑하는 장세라.

주변이 환해질 정도의 미모를 자랑하며 힘찬 응원을 전했다.

"아우우, 민이 저 녀석이 족보에 엮이지만 않았어도……."

멀리서 봐도 단단한 하체 근육의 라인을 그대로 살리는 새하얀 바지에 푸른색 셔츠로 코디한 강민의 화보 같은 모습에 아쉬움을 달래며 한숨을 내쉬는 장세아.

하지만 지금도 충분히 좋았다.

강민 덕분에 알게 된 늘푸른복지회의 김기호 부장.

학벌이나 성격, 그밖의 어느 것 하나 모난 구석이 없는 그와 연인이 되었다.

아버지 장기남의 말처럼 조직원이란 사실도 알고 있었다.

하지만 그것은 단지 직업일 뿐 그의 면면은 전혀 달랐다.

공자께서도 말하지 않았던가.

직업에는 귀천이 없다고 말이다.

"아빠~ 잘 지내시죠?"

"응~ 화령아. 지금 어디냐?"

"혁찬 씨하고 민이 응원하러 왔어요."

"오! 그래?"

"네~ 조만간 혁찬 씨가 인사드리러 간대요."

"하하. 그래 언제든지 환영한다고 전해다오."

많은 갤러리들 틈에 섞여 있는 한 쌍의 선남선녀 커플.

큰 선글라스로 얼굴을 가리고 모자를 깊숙이 눌러쓴 채 자신들의 신분 노출을 감추고 갤러리들 물살에 섞여 다녔다.

지난 1년 동안 노리치의 확실한 주전 선수로 뿌리를 내렸을 뿐만 아니라 맨유에서 이적을 진행 중일 만큼 대스타로 성장한 장혁찬.

든든한 그의 옆에 화사한 미소를 머금고 왕화령이 함께 서 있었다.

손단비의 월등한 실력이 선전하면서 우승컵은 차지하지 못했지만 아만다 로엘을 번번이 누르며 재미를 보고 있었다.

한때 왕씨 가문을 멸문시키려 했던 배짱 좋은 용 대인은 화룡회에서 아예 멸문을 당했다.

그 일이 계기가 되어 왕씨 가문은 과거 가문 영역이었던 홍콩을 되돌려 받았다.

물론 왕씨 가문은 화룡회의 일원인 열두 가문에도 이름을 올렸다.

이 모든 게 다 강민과의 인연 덕분이었다.

그 일만으로도 고마워 강민이 출전하는 경기마다 화령은 혁찬과 함께 응원을 하러 다녔다.

"혁찬 씨. 예린 씨는 잘 지내죠?"

"네~ 아주 잘 지내고 있어요. 민이 모자에 박혀 있는 오성그룹 로고 보이죠? 저게 예린이가 추진한 100억짜리 프로젝트랍니다."

"호호, 통이 크긴 커요."

"화령 씨도 조그만 기다려 봐요. 내가 분발할 테니까 우리 함께 스폰서를 잡아봐요."

"네에~ 말만 들어도 행복해지는데요~ 고마워요, 달링~"

걸고 있던 팔을 좀 더 가까이 끌어당기며 몸을 혁찬에게 밀착시키는 왕화령.

강민에 대한 고마움은 말로 다할 수 없었다.

아버지 왕사장에 이어 자신의 인생까지 바꿔놓는 계기를 만들어 준 강민.

'단비와 완벽한 사랑을 꾸려~ 빌어줄게~'

처음 강민을 향해 품었던 마음과는 색깔이 많이 바뀌었지만 그를 향한 신뢰는 달라지지 않았다.

감정의 대한 욕심 같은 것은 전혀 없다.

그저 개인적으로 바라는 게 있다면 이번 대회에 또 한 번의 기적을 이뤄내고 손단비와 행복한 미래를 만들어가길 바랐다.

　지금 혁찬을 향한 자신의 마음이 달콤한 솜사탕을 맛보는 것처럼 행복했고 그 마음을 손단비 역시 강민으로 하여금 느낄 수 있길 진심으로 빌었다.

　"흐흐~ 민아~ 고맙다. 네 덕분에 내가 세인트 앤드루스 올드코스에도 서보는구나."

　"저 약속 하나는 끝내주게 지키는 놈 아닙니까~"

　"그래, 고맙다~ 민아!"

　한국에서는 잘나가는 프로 골퍼인 임혁필.

　하지만 브리티시 오픈 대회에 출전할 정도의 실력은 되지 않았다.

　마스코트인 덥수룩한 콧수염을 자랑하며 골프백을 메고 강민의 뒤를 따랐다.

　"애들은 잘 크죠?"

　"그럼~ 쌍둥이들이 아빠를 닮아 무럭무럭 잘 크고 있단다."

　"…설마 따님도 코치님을 닮은 건 아니죠?"

　"…하하. 그래서 돈 많이 벌고 있다. 몸매만 엄마 닮으면 얼굴 그까짓 거 고치면 되지 않겠냐. 머리통만 작고 키만 크면 나머지는 과학과 돈의 힘으로 해결할 수는 있는 시대다~"

　"네에……."

　넉넉한 삶의 여유가 담담히 현실을 받아들이는 임혁필 코치의 말에서 묻어났다.

'나만 아니면 돼~ 흐흐.'

단비와 나 사이의 2세를 잠깐 상상했다.

우리 둘 사이에 태어날 아이는 전혀 걱정할 일이 없었다.

누가 봐도 완벽한 아빠의 유전자와 엄마의 유전자.

'오오~! 단비! 멀리 있어도 단연 눈에 띄는구나~ 흐흐.'

나를 응원하느라 갤러리들 틈에 섞여 멀리서 손을 흔드는 단비.

눈이 마주치자 좀 더 세게 손을 흔들었다.

사삭.

나도 기꺼이 손을 흔들어 보였다.

이제는 감출 것이 아무것도 없는 우리는 사람들 앞에 당당히 나설 수 있었다.

'노인네… 심심할 텐데 뭐하고 계시나…….'

지난 1년의 시간은 참으로 파란만장했다.

설악산에서 시작된 일들은 수많은 사건사고를 만들어 냈고 단비와 재회하며 심하게 요동치던 나의 삶도 고요함을 되찾았다.

물론 내 바람대로 메이저리그도 재패했다.

'7차전까지 가기가 꽤 힘들었지……. 그래도 수당이 아주 제대로였어…….'

5차전에서 끝날 수 있었지만 주전 포수가 된 잭 윌리엄을 좀 갈구고 선발인 크릭 헤스톤에게 설사약을 먹였다.

크릭 헤스톤에게는 안타까운 일이었지만 어쩔 수 없었다.

한 경기가 진행될수록 보너스가 기하급수적으로 늘었고 승리에 대한 확신도 있었기에 그런 만행을 저질렀다.

계획대로 범행은 성공했고 우승 보너스 1,000만 달러를 비롯해 각종 수당과 티셔츠 판매 대금 등등의 기타 수익으로 무려 7,000만 달러가 넘는 부수입을 챙길 수 있었다.

하지만 난관에 부딪혔다.

입 안의 가시처럼 박혀 있던 양 도사의 수입 반절 납세에 대한 협박.

나는 제시카에게 도움을 청해 방법을 강구했다.

그래도 머리 하나는 양 도사도 인정했던 내가 머리를 쓴 것이다.

나를 계속해서 잡고 있고 싶었던 제시카는 최고의 법률가를 동원해 빈틈없는 계약서를 작성했고 날을 잡아 집으로 방문해 미인계를 써 양 도사가 직접 지장을 찍도록 했다.

물론 계약서 내용은 양 도사도 상당히 만족스러워했다.

하긴 내 수입의 절반을 기부해 창립한 세계평화제단의 초대 이사장이 되었으니 만족하지 않을 이유가 없었다.

제시카의 회사 측에서 제공한 전용기를 수시로 이용할 수 있을 뿐만 아니라 미모의 여비서까지 붙여주었다.

일은 내 뜻대로 척척 진행되었고 세계평화제단 이사장이 된 양 도사는 그렇게 내 곁을 떠나갔다.

아마 지금쯤 아프리카의 어느 작은 시골 구석에서 인류 평화를 위해 배고픈 아이들에게 한 끼 식사를 제공해 주고 치료를 돕고 있을 것이다.

'과연 이걸 두고 꿩 먹고 알 먹는다 하는 것이렷다!'

어차피 벌이가 많아지면 기꺼이 기부를 해야겠다고 마음먹었던 돈이었다.

세금이 만만치 않은 나라 미국.

재단을 만들어 기부하면 대다수 세금이 감면되는 것과 동시에 마음 놓고 좋은 일에 돈을 쓸 수도 있었다.

가장 좋은 것은 양 도사의 사악한 욕구를 충족시키는 데 쓰지 않고 나의 멋진 계획에 투자할 수 있다는 이점이 있었다.

이제는 꽃피는 봄날만이 나의 앞날을 비출 것이다.

"마스터 K."

"…???"

마음 편하게 앞날을 상상하며 여유를 느끼고 있을 때 등 뒤쪽에서 나를 부르는 소리가 들렸다.

골프까지 재패하려는 나를 향해 요즘 인터넷에서는 뜨거운 여론 속에 운동의 지배자라는 별명을 지어주었다.

그렇게 탄생한 이름이 바로 마스터 K.

"허억! 우, 우즈다!"

옆에 있던 임혁필 코치가 깜짝 놀라며 내뱉은 한마디였다.

'우즈……'

나는 당황하지 않고 스윽 고개를 돌렸다.

진짜 우즈였다.

골프계의 전설로 불리는 우즈 선수가 나를 향해 새하얀 이를 드러내며 웃고 있었다.

"여기… 사인 한 장 부탁해."

정중하게 종이 한 장과 만년필을 건네 왔다.

"내 딸이 마스터 K 자네 팬이야."

"아! 그렇군요."

저절로 입가에 미소가 번졌다.

어린아이까지 나를 알 정도라면 이미 게임은 끝난 것이나 마찬가지였다.

'흐흐. 그럼 다음은… 올림픽이다!'

꿈틀꿈틀 움직이는 스포츠에 대한 재패 욕심.

오늘 우승하게 되면 스폰서는 걱정하지 않아도 된다.

세계적인 기업들뿐만 아니라 나와 인연이 깊은 오성 그룹과 연대 그룹 등 여러 기업들이 대단한 조건을 내세우며 광고 요청까지 들이밀었다.

물론 메이저리그에서도 난리가 났다.

연봉 5,000만 달러짜리 계약 얘기가 심심치 않게 제시카를 통해 들어오고 있었다.

하지만 난 그렇게 돈에 욕심 많은 돈벌레(?)가 아니었다.

이제부터는 나라를 위해 국위선양도 해볼 생각이다.

앞으로 태어나게 될 단비와 나의 2세들에게 위대한 아버지의 이름을 알려주고 싶은 꿈이 생겼기 때문이다.

모든 스포츠의 제왕 마스터 K.

이게 바로 내 아이들의 아버지이자 나의 이름이 될 것이다.

Epilogue

"여기, 사인을 확인해 보시면 됩니다. 이사장님~"

"확실한가?"

"그룹 최고의 법률가들의 조언을 얻어 작성된 계약서예요.
K의 모든 계약은 앞으로 다니엘 손에 달려 있어요."

"허허. 난 제시카만 믿겠어~"

"네~ 저만 믿으시면 됩니다. 다니엘~"

슈우우우우웅.

발리로 향하고 있는 로얄 그룹의 전용기.

터질 듯한 풍만한 가슴이 살짝 드러나 보이는 블랙 원피스
차림의 제시카 로엘이 여러 개의 서류를 다니엘이라는 이름의
남자에게 건넸다.

맞은편에 앉아 서류를 받아드는 남자 다니엘.

유난히 길고 새카만 윤기가 흐르는 머리카락을 등 뒤쪽에서 황금색 머리끈으로 묶어 내렸다.

손목에는 스위스에서 제작한 것으로 알려진 최고급 로만티움 시계를 찼다.

굵은 목에는 까리띠노에서 제작한 꽤 무게가 나가는 화이트 골드 목걸이를 걸었다.

다니엘의 얼굴은 나이를 짐작하기 어려웠다.

언뜻 젊어 보이기도 했지만 그렇다고 나이가 많아 보이지도 않았다.

체격은 크지 않았지만 전체적인 분위기로 보아 쉽게 접근할 수 없는 위압감 같은 게 절로 풍겼다.

제시카는 그런 다니엘의 매력에 사정없이 빠져들었다.

스윽.

다니엘은 제시카가 건넨 서류를 가볍게 훑어보고 거침없이 사인을 했다.

사인 란에 일필휘지로 남긴 이름은 다니엘 양.

"앞으로 잘 부탁드려요~ 다니엘~"

제시카의 두 눈이 제대로 된 상대를 만난 듯 번뜩였다.

그간 숙고하며 관리해 온 강민에 관한 모든 권한을 대리하게 된 눈앞의 남자 다니엘.

강민은 일체의 권한을 다니엘에게 양도했다.

제시카가 쳐 놓은 그물에 제대로 걸린 강민.

아직도 자신이 어떤 위치에 처해 있는 상황인지 감을 못 잡을 만큼 완벽했다.

'멋있어……'

제시카에게 상대의 나이 같은 것은 문제가 되지 않았다.

짐작이 되지 않는 나이와 여유로운 중년 남자의 향기가 물씬 풍기는 다니엘.

지금까지 살아오면서 단 한 번도 느껴보지 못했던 그런 매력을 풍기는 남자였다.

씨익.

그런 제시카의 마음을 훤히 들여다보고 있는 듯한 다니엘의 시선.

바로 앞에서 암고양이처럼 두 눈을 빛내고 있는 제시카를 향해 웃고 있었다.

다니엘의 입가에는 승리자만이 누릴 수 있는 여유와 부드러운 치즈 케이크 같은 미소가 번졌다.

"제시카, 오늘도 안마해 줄까?"

"네~ 부탁해요~ 다니엘의 손이 내 몸에 닿으면 너무 시원해요~"

"그래 좋아. 우리 첫 휴가를 기념하는 뜻에서 진하게 안마해 주지~ 후후."

싱긋 눈웃음을 달리는 다니엘.

"하아……."

순식간에 제시카의 얼굴은 붉게 상기되었고 온몸이 열기에 달아올랐다.

강민의 집에서 처음 마주하게 된 날, 그간의 피로누적으로 어깨가 뻐근했던 자신을 아무 대가 없이 치료해 주었던 다니엘의 뜨거운 손길.

그날 이후 무엇에 홀린 듯 제시카는 다니엘의 포로가 되어 버렸다.

이 사실은 강민도 몰랐다.

이미 제시카의 모든 게 강민이 아닌 다니엘의 수중으로 넘어가 버린 것을.

따악!

"날아갑니다! 마스터 K의 브리티니 오픈 첫 드라이브 샷이 엄청난 곡선을 그리며 날아가고 있습니다!"

자가용 비행기 내에 마련되어 있는 텔레비전을 통해 강민의 모습이 생중계되고 있었다.

그의 입가에는 다니엘의 입가에 번지는 미소 못지않은 행복한 미소가 드리워져 있었다.

온통 따듯한 햇살이 강민의 앞날을 비춰줄 것처럼 생각하는 표정이다.

'이놈아~ 사랑을 얻는데 공짜가 어디 있다더냐~ 흐흐. 그리고 이 사부, 반노환동했느니라~ 내 욕심 부리지 않고 딱 200년 만 더 놀다 가련다~'

강민이 미처 계산에 넣지 않았던 손단비와의 재회.

하늘은 그야말로 빈틈없이 계산기를 두들기고 있었다.

그것이야말로 이치.

아무리 인간 세상에서 위대한 마스터 K라는 이름을 얻었다 해도 공짜로 무엇을 얻을 수는 없었다.

인생에는 공짜가 없는 법이었다!

『마스터 K』 완결